AF190229

Petra Weise

Ab in den Urlaub!

und andere Reisegeschichten

Bibliografische Information der Deutschen Nationalbibliothek
Die Deutsche Nationalbibliothek verzeichnet diese Publikation in der
Deutschen Nationalbibliografie; detaillierte bibliografische Daten sind im
Internet über http://dnb.dnb.de abrufbar

© 2018 Petra Weise
Herstellung BoD – Books on Demand Norderstedt

ISBN 9-783746-025582

-

Wir möchten
die Welt durchreisen,
um das Schöne zu finden,
aber wir müssen es in uns tragen,
sonst finden wir es nicht.

Ralph Waldo Emerson

Inhalt

Seite

Urlaub in Bulgarien   9
Zurück aus dem Urlaub   19
Urlaub am Meer   27
Meine Oma   35
Wanderzirkus   37
Schwedischer Härtetest   54
Paradies am Waldsee   63
Benno in Tirol   81
Urlaub auf Sardinien   88
Ein ganz anderer Urlaub   100
Ferien in Tirol   111
Pfingstferien in der Schweiz   119
Der fränkische Brauereiweg   127
Ein fränkischer Gasthof   131
Unser Reise-Schutzengel   141
Der Ausreiseantrag   149
Freiberg – immer eine Reise wert   165
Besuch zu Weihnachten   162
Der Chemnitzer Weihnachtsmarkt   187
Ab in den Urlaub   193
Feiertage sind wie Kurzurlaube   219
Die letzte Reise?   227

Urlaub in Bulgarien

21 Uhr. Um schlafen zu gehen, ist es noch zu früh. Außerdem bin ich viel zu aufgedreht. Es ist mein erster Urlaubstag am Schwarzen Meer, das ich von meinem Hotelzimmer aus dunkel schimmern sehe. Von der Straße unter mir dringt Lärm herauf. Ich öffne die Balkontür und schaue hinunter auf das bunte Treiben. Leute schlendern zwischen den bunt beleuchteten Geschäften und Gaststuben hin und her. Genau dort will ich jetzt hin.

Ich wende mich nach rechts und bummle die Straße entlang. Die Menschen sind alle in guter Stimmung. Kein Wunder, sie haben Urlaub und wollen feiern.

Schließlich lande ich in einer kleinen Bar und bestelle mir einen Gin Tonic. Schnell komme ich mit zwei netten Mädchen ins Gespräch. Es sind hübsche Bulgarinnen mit langen dunklen Haaren, die ebenfalls Urlaub hier an der Goldküste machen, und in einem Hotel ganz in der Nähe wohnen. Wir verständigen uns auf Englisch und haben richtig Spaß miteinander. Ich schaue auf meine Uhr – es ist noch nicht einmal Mitternacht.

Oje! Mein Schädel brummt. Habe ich gestern so viel getrunken? Ich kann mich nicht erinnern, noch ein zweites oder gar drittes Glas bestellt zu haben. Mein linker Arm tut weh. Ich drehe mich zur Seite, um auf meine Uhr zu schauen. Wo ist meine Uhr? Habe ich sie abgenommen? Das mache ich normalerweise nicht – nicht einmal beim Duschen. Mühsam richte ich mich auf und halte mit der Hand meinen schmerzenden Kopf. Was ist das? Schockiert schaue ich auf mein Kopfkissen. Es ist rot, blutrot – überhaupt ist alles voller Blut. Auch meine Arme. Ich taste nach meiner Brille auf dem Nachttisch, kann sie aber nicht finden. Schnell steige ich aus dem Bett und laufe ins Bad. Großer Gott! Wie sehe ich aus? Mein Gesicht und meine Haare sind voller Blut. Vorsichtig taste ich meinen Kopf ab. Alles ist klebrig und von getrocknetem Blut verkrustet.

Was kann nur passiert sein? Ich gehe zurück ins Zimmer. Dort steht ein Radio, das 15 Uhr anzeigt. Ich erinnere mich, kurz vor Mitternacht auf meine Uhr gesehen zu haben. Wo ist sie überhaupt? Für volle fünfzehn Stunden fehlt mir jegliche Erinnerung.

Hektisch suche ich nach meiner Brille, sogar im Bad und unter dem Bett. Sie ist nirgendwo zu finden, verschwunden wie meine Uhr. Fehlt noch mehr? Mein Geldbeutel! Der steckt immer in meiner Hosentasche. Er ist da. Erleichtert klappe ich ihn auf. Das Geld fehlt. Es waren nur siebzig Euro und einhundertfünfzig Lewa darin. Diesen Verlust kann ich verschmerzen. Doch Ausweis, Bank- und Kreditkarte fehlen ebenfalls. Das ist kein Zufall. Ich bin bestohlen worden. Ausgeraubt! Ich muss die Polizei anrufen. Doch wo ist mein Handy!

Was soll ich jetzt tun? Irgend etwas muss ich machen. Zuerst duschen. So blutverschmiert kann ich nicht aus dem Zimmer.

„Ich bin beraubt worden", erkläre ich dem Mann an der Rezeption.

„Können Sie sich ausweisen?"

Ich halte ihm meinen Arm entgegen, an dem ein Band befestigt ist, das mich in diesem Hotel zum Genuss von *all inclusive* berechtigt. Mir fällt ein, dass mein Ausweis noch von der Anmeldung gestern Abend vorliegen müsste. Ich sage ihm das. Und nach einem Abgleich der Personalien glaubt mir der Mann. Doch er will keine Schadensmeldung annehmen, nur für frische Bettwäsche sorgen und das Zimmer säubern lassen.

„Haben Sie vielleicht gesehen, wer mich hierher ins Hotelzimmer begleitete?"

Der Mann schüttelt den Kopf. Dann erklärt er mir, dass es verboten sei, Fremde mitzubringen. Das weiß ich. Doch ich weiß nicht, wie und wann ich von der Bar hierher kam. Ich kann mich an nichts erinnern. Der Mann kann oder will mir nicht helfen. Er mag auch seine Kollegen nicht befragen.

Ich muss unbedingt meine Kreditkarte sperren lassen. Auch mein Handy. Doch sämtliche Daten und der Kontakt zu meiner Bank sind auf meinem Handy hinterlegt. Ich bin praktisch hilflos. Nicht einmal ein Adressbuch besitze ich, wo ich wie früher wichtige Nummern notiert hätte.

Schließlich fällt mir ein, dass ich im Koffer mein *tablet* habe. Ich weiß selbst nicht, weshalb ich es einpackte. Nun könnte es mir helfen, zumal ich beim Einchecken sofort Internetzugang buchte.

Schnell stelle ich eine Verbindung zu meinem Konto her und muss erst einmal durchatmen. Wie kann es möglich sein, dass über Nacht mein kompletter Kreditrahmen ausgeschöpft ist? Von meinem Konto wurden bereits zahlreiche Barabhebungen und Einkäufe abgebucht. Ich lasse meine Karten sperren, erfahre aber dabei, dass noch weitere Einkäufe im Hintergrund warten, aber nicht mehr gestoppt werden können. Wieso nicht? Ich habe doch soeben den Vorfall gemeldet.

„Ihr Kreditrahmen ist ohnehin ausgeschöpft",

erklärt mir die Dame.

„Dann muss ich ihn eben erhöhen. Ich habe kein Geld mehr und noch zwei Wochen Urlaub."

„Das geht leider nicht, weil die Abbuchungen in der Warteschleife noch so hoch sind. Nur weitere Einkäufe können ab jetzt mit Ihren Karten nicht mehr getätigt werden."

Ich kann das alles nicht fassen und sage erst einmal gar nichts mehr.

„Melden Sie den Vorfall der Polizei! Andernfalls haben Sie versicherungstechnisch keine Möglichkeit zur Klage."

Auch das noch.

Ich finde im *tablet* die Daten für mein Handy und kann die Sim-Karte sperren lassen. Nun haben die Diebe zwar mein Handy, können es aber nicht auf meine Kosten nutzen.

Eigentlich wollte ich heute nicht vor die Tür gehen. Mein Gesicht und die Arme sind voller roter Schrammen und blauer Flecken. Ich sehe aus, als wäre ich in eine Prügelei geraten und wirke mit Sicherheit nicht vertrauenserweckend. Doch ich muss zur Polizei und Anzeige erstatten. Zumindest ist zu sehen, dass man mir übel mitgespielt hat.

Der Polizist lässt mich eineinhalb Stunden draußen in einem Vorraum warten. Dann sagt er mir, dass er weder Deutsch noch Englisch versteht und er erst einen Dolmetscher herbeirufen muss. Ich warte eine weitere Stunde. Dann erscheint der Dolmetscher, der kein Deutsch und nur wenig Englisch beherrscht. Wie will er unter diesen Bedingungen meine Anzeige aufnehmen? Immer wieder spricht er mit dem anderen Polizisten.

„Wollen Sie sich keine Notizen machen?", hake ich nach.

Die beiden Männer wirken auf einmal verärgert.

„Was ist?", frage ich ziemlich irritiert.

In einem Kauderwelsch aus Bulgarisch und ein paar englischen Brocken gibt man mir zu verstehen, dass ich mich in Widersprüche verwickelt und mich somit strafbar gemacht hätte. Jetzt bin auch ich ärgerlich.

„Ich habe Ihnen bereits fünf Mal den Hergang geschildert. Sie haben nichts aufgenommen und plötzlich bin ich nicht mehr der Geschädigte, sondern der Beschuldigte? Das kann doch nicht möglich sein!"

Die Polizisten stehen auf und wirken auf einmal direkt bedrohlich. Ich verstehe nur soviel, dass ich jetzt und nur jetzt die Möglichkeit habe, in mein Hotel zurückzukehren. Andernfalls müsse ich mit einem Verfahren rechnen, das sie gegen mich einleiten werden.

Mein Zorn ist verschwunden. Mir ist plötzlich zum Heulen zumute. Schon im Hotel hat man mir nicht geglaubt und hier bei der Polizei ebenfalls nicht. Ich habe keine Lust, mir in einem fremden Land Schwierigkeiten aufzuhalsen und verlasse grußlos das Revier.

Am liebsten würde ich nach Hause fliegen. Doch wie soll das gehen? Mein gebuchter Flug ist erst in zehn Tagen. Geld habe ich keins und kann auch keines abheben. Zum Glück habe ich *all inclusive* gebucht und muss mir somit keine Gedanken um Mahlzeiten und Getränke machen. Dabei fällt mir ein, dass ich seit gestern Abend überhaupt nichts gegessen habe. Eigentlich habe ich keinen Hunger. Offenbar ist mir der Appetit komplett vergangen oder der ganze Ärger auf den Magen geschlagen. Ich mag so verunstaltet nicht in die Gaststube gehen und will ohnehin niemanden sehen. Also lege ich mich ins Bett und prüfe vorher zweimal, ob die Tür ordnungsgemäß verriegelt ist.

Am nächsten Morgen taste ich automatisch nach meiner Brille, dabei fällt mir schlagartig der gestrige Katastrophentag ein. Im Spiegel sehe ich, dass meine Blessuren vergrinden, doch immer noch mein Gesicht furchtbar entstellen. Trotzdem beschließe ich, in den Frühstücksraum zu gehen. Ich hoffe, dass sich zu dieser frühen Stunde nur wenige Urlauber dort aufhalten. Nur mit Mühe finde ich das Buffet und anschließend einen Tisch in einer Ecke. Ich brauche dringend eine Brille. Ich bin kurzsichtig und sehe nur das, was unmittelbar vor meinen Augen ist.

Ein Passant begleitet mich zu einem Optiker. Dort wird mir innerhalb einer Stunde eine neue Brille angefertigt. Doch der Mann händigt sie mir nicht aus, weil ich nicht bezahlen kann. Darauf hätte ich auch selbst kommen können. Ich brauche dringend Geld! Doch woher?

Ich gehe auf mein Zimmer und suche mit Hilfe meines *tablets* nach Lösungsmöglichkeiten. Und finde sie! Es gibt eine Blitzüberweisung, die nur ganz bestimmte Stellen durchführen. In der Stadt, in der meine Eltern leben, gibt es eine Poststelle für schnellen Geldversand. Doch leider schließt sie in einer halben Stunde, denn es ist Samstag.

An der Rezeption lasse ich mich mit meinen Eltern verbinden und versuche, ihnen meine unangenehme Situation zu schildern.

„Das kannst du uns alles später erzählen", unterbricht mich mein Vater. „Du sagst mir jetzt, was ich tun kann! Wohin soll ich das Geld überweisen?"

Ich gebe ihm die Daten durch und schon hat er aufgelegt.

Am Nachmittag kann mir mein Vater die PIN-Nummer durchgeben, mit der ich das Geld ausgehändigt bekomme. Es war gut, dass er sofort auflegte, denn die Poststelle, die die Überweisung ausführen sollte, hat direkt hinter ihm abgeschlossen. Ich suche das Geschäft auf, wo ich mir das Geld auszahlen lassen kann. Es ist zum Glück nicht weit von meinem Hotel entfernt. Der Laden ist geschlossen! Samstag. Auch hier in Bulgarien schließen die Läden zum Mittag. Nur wenige Boutiquen und Gaststuben haben geöffnet.

Ziemlich ratlos bleibe ich am Schaufenster stehen. Schemenhaft erkenne ich einen Zettel an der Tür. Ich beuge mich näher heran, um die Schrift entziffern zu können. *Von 13 bis 17 Uhr geschlossen.* Ich hoffe, dass dies auch für Samstag gilt und gehe erst einmal zurück zum Hotel. Es hat keinen Sinn, an den Geschäften entlang zu bummeln. Ich kann sowieso nichts erkennen und kaufen schon gar nicht. Auch an den Strand zu schlendern bringt nichts. Dazu habe ich weder Lust noch Ruhe.

Kurz nach 17 Uhr stehe ich an der Tür, die gerade von innen geöffnet wird. Ich muss nur diese lange Geldtransferkontrollnummer nennen und bekomme sofort den Betrag ausgezahlt. Nun kann ich meine Brille vom Optiker holen. Sie ist nicht so komfortabel und leicht wie meine Brille, die mir gestohlen wurde. Doch mit ihr kann ich alles wieder gut erkennen: die Leute, das Buffet im Hotel, Fernsehprogramme, den Strand und überhaupt …

Mein Urlaub ist noch richtig schön geworden. Nur diese Bar habe ich kein zweites Mal betreten.

Zurück aus dem Urlaub

Wo ist mein Auto? Ich bin mir sicher, es genau hier in dieser Parkbucht abgestellt zu haben, direkt am Eingang bzw. Ausgang zur Bahnhofs-Unterführung. Soll ich nun ein Taxi rufen oder zuerst die Polizei? Ich bin hundemüde, obwohl ich eben aus dem Urlaub komme.

Am kurzen Flug habe ich nichts zu meckern. Doch auf dem Flughafen Leipzig ging irgendwie alles schief.
Ich stand ewig am Laufband und wartete lange auf meine Reisetasche. Als ich sie endlich entdeckte, hielt die Freude nur kurz, denn sie stank ziemlich aufdringlich nach Anis. Du lieber Himmel! Meine zwei Flaschen Mastika! Ohne auf die Leute um mich herum zu achten, setzte ich die Tasche auf einer nahen Bank ab und öffnete sie. So ein Mist! Eine Flasche war kaputt, die Scherben und der Schnaps zwischen meinen Kleidern verteilt. Ich sammelte die gröbsten Teile in ein T-Shirt und warf das Bündel in den nächsten Abfallkorb.
Eine Weile vor meiner Maschine muss eine aus Asien gelandet sein, denn die gesamte Halle war voller Araber und Muslime. Das konnte ich

leicht an der Kleidung und den Kopftüchern der Frauen erkennen. Ich erfuhr, dass die Technik ausgefallen war und man deshalb die Pässe nicht identifizieren konnte und nicht gewillt war, die Reisenden einfach unkontrolliert durchzulassen. Eine volle Stunde stand ich zwischen den vielen Menschen, die erheblich geduldiger als ich auf die Abfertigung warteten.

Bis zum S-Bahnhof musste ich einen schier unendlichen Gang entlang laufen. Dort stand ich ziemlich ratlos vor einem Schild: „eingeschränkte Zugverbindung wegen Baumaßnahmen". Vermutlich gab es Schienenersatzverkehr. Doch wo? Die elektronischen Anzeigen funktionierten nicht und auf der Anzeigetafel mit den Plänen für Ankunft und Abfahrt stand kein einziger Hinweis. Hier kam ich nicht weiter, also stieg ich die Treppen wieder hinauf zu dieser langen Halle, wo es viele Geschäfte, doch keinen einzigen Hinweis auf Schienenersatzverkehr gab.

Immerhin entdeckte ich eine Toilette. Dort gab es bodentiefe Fenster, von denen ich auf die Autobahn hinunter schauen konnte. Also in dieser Richtung brauchte ich nicht weiterzusuchen, da konnte kein Bus halten. Das hieß, ich musste wohl oder übel den langen Gang wieder zurück gehen und irgendwo vor der Flugabfertigung einen

Ausgang finden.

Neben der Treppe schaute ich mich um. Nur die Werbetafeln leuchteten, doch die vielen elektronischen Anzeigen blieben schwarz und ganz ohne Text. Neben mir standen zwei ältere Leute, die genauso hilflos wie ich umher schauten. So ein Mist! Gibt es hier keinen Schaffner oder wie das heute heißt?

„Hallo!", rief ich so laut ich konnte, als ich endlich einen Mann in Uniform auf mich zukommen sah. Ich winkte ihm entgegen und sprach ihn an.

„Wo bitte fährt der Zug zum Bahnhof ab?"

Der Mann wies mit dem Arm in die Richtung, aus der ich gerade gekommen bin.

„Da war ich", sagte ich etwas schroffer als ich eigentlich wollte. „Da steht ein Schild mit „Baumaßnahmen."

Der Mann zuckte mit der Schulter. Dann schaute er auf eine Art unförmiges Handy und meint: „Keine Ahnung. Terminals ausgefallen. Fahrn Se Taxe!"

„Und wo?", fauchte ich?

„Da müssn Se vor zum Ausgang."

Na, bravo! Gefühlte sieben Kilometer lief ich erneut den endlosen Gang Richtung Abferti-gungshalle und schleppte dabei immer meine Reisetasche mit, die mir inzwischen bleischwer in den Armen hing und nach wie vor Anis ausdünstete. So langsam wurde ich wütend. Fast wäre ich mit den beiden älteren Leuten zusammen gestoßen, die mir bereits vor der Toilette begegneten.

„Wissen Sie, wo die S-Bahn zum Hauptbahnhof fährt?", wollte die Frau von mir wissen. Sie machte schon einen ziemlich genervten Eindruck.

„Es scheint ein technisches Problem zu geben. Ich nehme ein Taxi."

„Dürfen wir uns anschließen?", fragte die Frau hoffnungsvoll.

Ich zuckte nur die Schulter und ging dorthin, wo ich den Ausgang vermutete.

Einige Minuten später stand ich draußen, doch einen Taxistand gab es hier nicht. Ich drehte mich um und sah, dass die alten Herrschaften mir gefolgt waren. Bedauernd hob ich meinen Arm und zuckte ich mit der Schulter.

In diesem Moment kam ein Taxi direkt auf uns zu gefahren. Es stiegen zwei Leute aus. Sofort lief ich hin und fragte den Fahrer, ob er uns zum Hauptbahnhof Leipzig bringen könnte. Eine knappe Stunde später und vierzig Euro ärmer stand ich endlich am Bahnhof und saß bald darauf in meinem Zug nach Chemnitz.

Und jetzt stehe ich ziemlich ratlos auf dem Platz, auf dem ich vor genau einer Woche mein

Auto abstellte und weiß nicht, was ich machen soll. Ich lasse mein Gepäck einfach auf den Fußweg fallen und ziehe mein Handy aus der Tasche. Genau in diesem Moment sehe ich aus den Augenwinkeln mein kleines rotes Auto keine zwanzig Meter von mir entfernt – drei Parkbuchten weiter. Seltsam.

Nun – ich hatte mich schon mehrmals geirrt und mein Fahrzeug mal in der falschen Etage im Parkhaus und mal in der falschen Straße gesucht. Nun hatte ich eben meinen Lieblings-Parkplatz verwechselt. Ich schüttle über mich und meine Schussligkeit den Kopf, gehe die paar Schritte zum Auto und öffne über mich selbst lachend die Heckklappe, stelle meine Reisetasche hinein und fahre los.

Da entdecke ich auf der Frontscheibe unter den Scheibenwischer geklemmt einen Zettel. Während der Fahrt komme ich nicht ran, doch an der nächsten Kreuzung kann ich das Blatt greifen. Ein Strafzettel wegen Falschparkens. Das verstehe ich nicht. Mein Auto war vorschriftsmäßig in einer ausgewiesenen Park-buchte am Straßenrand abgestellt. Es gibt für diesen Platz keine zeitliche Begrenzung und es fallen nicht wie am Parkplatz vor dem Bahnhof Gebühren an. Der Zettel ist kein Irrtum, denn er trägt einen Behördenstempel. Wahrscheinlich hat ein anderer tatsächlicher Falschparker den für ihn bestimmten Strafzettel einfach an mein Auto geklemmt. Anders kann es gar nicht sein.

Daheim sehe ich mir den Strafzettel genauer an. Er trägt das Datum von letztem Samstag und eindeutig mein Fahrzeugkennzeichen. Es hat keinen Zweck, darüber nachzugrübeln. Flüchtig schaue ich die Post durch. Viel ist es nicht, meist Werbungen und ein grauer Behördenbrief. In dem teilt man mir mit, dass ich umgeparkt werden musste und dies 110 Euro kostet. Außerdem fallen 15 Euro Gebühren für das Parken im absoluten Halteverbot und 25 Euro für die behördliche Bearbeitung an. Ich verstehe überhaupt nichts. Wieso musste mein Auto umgeparkt werden? Es stand doch in der Parkbucht. Oder hatte ich die Bremse nicht angezogen und es ist auf die Straße gerollt? Das ist mir schon einmal mit meinem alten Auto passiert. Doch seitdem kontrolliere ich den Gang und die Handbremse immer drei Mal nach, bevor ich aussteige und absperre. Es hat keinen Sinn, länger darüber nachzugrübeln. Ich rufe die Nummer an, die auf dem Briefbogen steht.
Dabei erfahre ich, dass am Samstag ein Fußballspiel stattfand und die Polizei die Fans vom Stadion bis zur Unterführung zum Bahnhof begleitete. Damit keiner aus Frust oder aus

Übermut parkende Fahrzeuge beschädigt, ist für diese wenigen Stunden das Parken an der gesamten Strecke verboten, auch in der Parkbucht, in der mein Auto stand. Woher sollte ich das wissen?

„Das kann ich doch nicht wissen!", beklage ich mich.

„Es werden rechtzeitig, meist einen ganzen Tag vorher, entsprechende Hinweisschilder aufgestellt."

„Die Schilder konnte ich nicht sehen, denn ich war eine Woche im Urlaub."

„Nun, das ist allein Ihr Problem. Sie sind verpflichtet, sicherzustellen, dass Ihr Fahrzeug ordnungsgemäß abgestellt ist."

„Es WAR ordnungsgemäß abgestellt", fauche ich.

„Eben nicht. Zu der Zeit stand es nachweisbar im Halteverbot." Die Stimme der Dame am Telefon klingt ungeduldig.

„Gibt es keine Möglichkeit, mir die Strafe zu erlassen?"

„Dazu bin ich nicht befugt. Die zuständige Sachbearbeiterin ist im Urlaub. Ich rate Ihnen nur, sofort zu zahlen, sonst kommen Mahngebühren dazu."

Da haben wir den Salat. Ich hätte es mir denken können, dass wieder einmal keiner zuständig ist.

„Kann ich irgend etwas tun? Ich meine, wenn ich Ihnen meine Urlaubsbuchung maile und damit beweise ...“

„Bedaure“, unterbricht mich die Frau. Dann setzt sie freundlicher hinzu: „Ich vermerke Ihren Anruf. Die Kollegin ist am Montag wieder am Arbeitsplatz. Rufen Sie also am Montag noch einmal an!“

Diese Kollegin hatte offenbar einen sehr erholsamen Urlaub, denn sie wirkt entspannt am Telefon. Sofort erlässt sie mir die 15 Euro für das Falschparken und weitere zehn Euro der Bearbeitungsgebühr. Doch an den Kosten für das Umsetzen des Fahrzeuges kann sie nichts machen, das sei ein Fremdunternehmen mit festen Preisen – auch wenn es sich in meinem Fall nur um drei Parkbuchten Entfernung handelt.

Also überweise ich noch am gleichen Tag 125 Euro an die Behörde. Das Parken vor dem Bahnhof oder sogar im Parkhaus wäre erheblich billiger gewesen.

Urlaub am Meer
aus „Eine verhängnisvolle Diagnose"

„Schau, Schatz, das Meer!" Begeistert wirft Dieter beide Arme in die Luft. Jetzt jubelt der schon wieder. Klar ist dort das Meer. Überall hier ist das Meer – mehr Meer als ich verkraften kann. Fuerteventura ist so winzig, dass man von jeder Stelle aus das Meer sehen kann.
Ich hasse das Meer. Und ich hasse diesen Urlaub. Inseln hasse ich ganz besonders. Auch den Strand. Und vor allem das viele Wasser. Wie konnte ich mich nur zu dieser Reise überreden lassen? Ein Glück, dass jetzt Januar ist und kein Sommer. Bei 20 Grad Lufttemperatur hat nicht einmal Dieter Lust, von morgens bis abends am Strand herumzuliegen. Ich finde es eklig, wenn sich die Leute voller Öl schmieren und sich so fettig glänzend direkt in die Sonne legen und braten. Wie ein Schnitzel in der Pfanne liegen sie im Sand und drehen sich auf die andere Seite, damit auch diese braun wird. Oder rot. Das sind dann meist Engländer. Aber die liegen selten am Strand, sie halten sich lieber am Pool auf. Die Neuen sind weiß wie Frischkäse und schon am ersten Abend rot wie ein gebrühter Krebs. Gesund

kann das nicht sein. Und schön sowieso nicht.

Für mich ist das schönste an diesem Urlaub das Frühstück. Ein englisches Frühstück mit Eiern und Speck, Tomaten, Würstchen, Bohnen, verschiedenen Sorten Müsli und Toast mit Marmelade. Köstlich!

Das Mittag schmeckt leider ebenso wie in England: fade und wässrig.

Wir fahren mit unserem Mietauto eine schmale Straße entlang. Die Gegend ist kahl. Mich erinnert alles an die Kohlenhalden bei uns daheim im Ruhrgebiet. Wobei diese grüner sind und es im Gegensatz zu hier Bäume gibt. Bäume vermisse ich am meisten.

„Du sagst gar nichts, Schatz. Siehst du das herrlich glitzernde Meer nicht?"

„Natürlich sehe ich das Meer. Es gibt nichts anderes zu sehen als das Meer", entgegne ich mürrisch. „Willst du runter zum Strand fahren?"

„Habe ich auch schon überlegt."

„Willst du nun oder nicht?"

„Wäre nicht schlecht."

„Heißt das JA?" Ich atme aus. Nur jetzt keinen Streit. „Schau! Hier ist ein Abzweig."

„Hier?" Dieter fährt weiter. „Soll ich wenden?"

„Nein. Wir finden einen anderen Weg."

Keine zwei Minuten später führt ein Schotter-weg direkt zum Strand, der gut hundert Meter unter uns liegt. Dort stehen mehrere Autos, keine Geländewagen. Also dürfte dieser steinige Weg kein Problem für unseren kleinen gemieteten Fiesta werden.

Endlich sind wir unten. Leute sehen wir keine, nur kleine Steinhaufen, die wie Maulwurfshügel aus dem Sand kriechen. Als wir näher kommen, entpuppen sich diese Haufen als Strandburgen, in denen Paare geschützt vor dem Wind liegen. Wir wählen ein solches Nest direkt an der schwarzen Steilwand. Dort liegen wir etwas erhöht und können die ganze Bucht überblicken. Ein schöner Platz.

Ich packe unsere Handtücher und mein Buch aus. Meine Schuhe und die Jeans lege ich auf die Steine. Dieter zieht sein Shirt aus und wirft es zur Seite.

„Kommst du mit ins Wasser, Schatz?"

„Nee, ganz sicher nicht." Glaubt er wirklich, ich gehe freiwillig ins Meer?

Dieter balanciert vorsichtig über die Steine in Richtung Wasser. Ich freue mich auf mein Buch. Die Geschichte ist spannend: zwei Franzosen reisen allein durch Tibet, die Mongolei und China. Das wäre mal ein Abenteuer ganz nach meinem Geschmack. Die Beiden würden nicht stundenlang am Strand herumliegen wie wir.

Auf einmal wird es lebhaft am Strand. Große Gruppen halbnackter Leute laufen vorbei. Sie kommen alle von rechts und gehen nach links. Ich schaue ihnen nach und entdecke in der Ferne ein Hochhaus. Sicher ein Hotel. Mittagszeit. Schön, dann haben wir den Strand für uns allein.

Dieter kommt zurück. „Das Wasser ist kalt."

Ich werfe ihm sein Handtuch zu und stehe auf. „Wollen wir ein Stück gehen?" Dieter verzieht das Gesicht, rubbelt sich in Ruhe ab und setzt sich auf mein Handtuch.

„Ich muss mich bewegen", sage ich, steige schnell in meine Jeans und kremple die Hosenbeine hoch. Meine Schuhe binde ich an den Senkeln aneinander und werfe sie mir über die Schulter.

„Bleibst du hier bei den Sachen oder kommst du mit?"

Dieter rümpft die Nase. „Wo willst du denn hin?"

„Da lang!" Ich zeige nach rechts. „Von dort kamen vorhin so viele Leute. Mal schauen, was da los ist."

Dieter zuckt die Schulter und schaut mich an. Er lächelt. Langsam verliere ich die Geduld. Hoffentlich merkt er das nicht. Sonst fragt er tausend sinnlose Dinge, die mich nur ärgerlich machen. Warum ich immer so unruhig wäre. Warum ich nicht abwarten kann. Was ich mir vorstelle.

So ruhig wie möglich sage ich: „Vielleicht gibt es dort was zu essen?"

„Hast du Hunger?"

Eigentlich bin ich noch pappesatt vom Frühstück. Aber wenn ich ihm das sage, geht die Fragerei weiter. Also antworte ich: „Ja, mächtig. Soll ich dir was mitbringen?"

„Glaubst du wirklich, dass es dort was zu essen gibt? Ist doch nichts zu sehen."

„Keine Ahnung. Ich werde einfach mal nachschauen." Und schon laufe ich los.

„Warte!"

Na endlich! Schnell komme ich zurück, greife nach den Strandtüchern, schüttle sie aus und stopfe sie in den Rucksack. Dann knote ich auch für Dieter die Schuhe zusammen und reiche ihm den Rucksack und seine Jeans.

Wir laufen direkt am Wasser entlang. Aus dem Meer schauen großen schwarze Felsen, auf denen Kinder spielen. Der Steilhang reicht an einigen Stellen bis ans Wasser. Die Wellen spritzen meine Jeans nass. Weiter oben am Hang steht eine kleine Holzhütte, ringsum eine Veranda voller Tische. Ein Strandlokal. Wir entdecken einen freien Tisch für uns. Es gibt keine Speisekarte, aber für jeden, der essen will, fangfrischen Fisch, Salat, Knoblauchbrot und Wein. Einfach himmlisch.

Der Wind frischt auf. Wir trinken noch einen Kaffee, bezahlen und laufen zurück zum Auto.

Das heißt, wir wollten zurück zum Auto. Aber irgendetwas ist anders.

„Du liebe Zeit, wo ist denn der Strand hin? Hier kommen wir nicht weiter."

„Was meinst du, Schatz?"

„Schau doch! Dort auf dem Felsen haben vorhin die Kinder gespielt. Jetzt ist er weit im Wasser."

„Ach, wir sind auch durchs Wasser gelaufen."

„Stimmt. Aber jetzt wird der Felsen fast überspült."

„Rede keinen Unsinn, komm einfach weiter. Es wird schon gehen."

Doch es geht nicht. Die Wellen platschen mannshoch gegen den Steilhang, wo wir vor gut einer Stunde vorbei gelaufen sind. Wir müssen schnell zurück zum Lokal. Aber das ist in der nächsten Bucht und die Wellen schwappen inzwischen gegen deren Rand. Dieter packt meine Hand und rennt los. Wir klettern über einen großen Stein am Ufer und müssen schließlich ins Wasser springen. Es ist nicht tief, aber es drückt mich gegen die harte Felswand. Dieter umfasst meine Taille und hebt mich zur Seite. Nun stehen wir nur noch knietief im Meer und sind in wenigen Schritten am

Strand. Nass, aber glücklich.

Der Schreck sitzt uns in allen Gliedern, trotzdem lachen wir und lassen uns in den Sand unterhalb des Lokals fallen. Die Leute auf der Terrasse beobachten uns. Wir winken ihnen kurz zu und gehen weiter. Aber wohin? Da entdecke ich einen schmalen Pfad hinauf auf den Steilhang. Die Richtung stimmt. Dort ungefähr könnte unser Mietauto stehen.

Der Weg wird immer steiler und windet sich zwischen hüfthohem Gestrüpp nach oben. Dann haben wir freie Sicht über die gesamte Bucht. Sie ist wunderschön. Wir stehen oben und versuchen, den Weg zu erkennen, den wir unten am Strand zwischen den Felsen gegangen sind. Aber alles ist komplett unter Wasser oder von den Wellen umspült.

Hier oben sind wir in Sicherheit. Aber der schmale Weg ist zu Ende. Ratlos schauen wir uns an. Wir könnten die Sanddüne hinunter rutschen, die sich vor uns ausbreitet. Aber wenn sie nun direkt im Wasser endet? Wir wollen keinesfalls wieder von Wasser eingeschlossen sein. Wann geht das Meer zurück? In sechs Stunden? Oder sind es nur noch vier? Dieter schaut auf seine Uhr. Dann wäre es 20 Uhr und noch hell genug, um das Auto zu finden. Und wenn nicht? Vielleicht hat das Meer das Auto längst verschluckt?

Ziemlich ratlos sitzen wir im Sand und wissen nicht, worüber wir reden sollen. Da tauchen vor uns zwei Köpfe auf. Ein älteres Paar klettert die Düne hinauf und kommt direkt auf uns zu.

Schnell stehen wir auf und gehen ihnen entgegen. Mit Händen und Füßen, in deutscher und englischer Sprache versuchen wir zu erfahren, ob wir hier gefahrlos nach unten können. Die Frau lacht und zeigt aufs Meer, der Mann geht einfach weiter.

Uns bleibt nichts anderes übrig, als ihren Spuren die Dünen abwärts zu folgen. Nach einer Stunde stehen wir unten. Die Bucht ist zwar völlig überspült, aber am Rand ist Platz genug, um an den Steinen entlang einen Weg zum Ausgang der Bucht zu finden. Nun entdecken wir auch das Auto. Es steht unbeschädigt neben zwei anderen Fahrzeugen und zum Glück viele Meter vom Meer entfernt. Erschöpft, aber glücklich fallen wir uns in die Arme und reden noch lange über dieses Abenteuer.

Meine Oma

Ich verbrachte meine Ferien gern bei meiner Oma. Sie war eine fröhliche und vor allem sehr laute Frau. Es störte sie nicht, wenn sich die Leute nach ihr umdrehten, weil sie mitten auf der Straße schallend laut lachte.

So war es auch im Kino. Wir schauten einen komischen Film mit Louis de Funès, der albern herumsprang und Faxen machte. Meine Oma kreischte laut auf, klatschte in ihre Hände und schlug ihrem Sitznachbarn ihre Hand auf den Schenkel.

„He, was soll das?", beschwerte sich der Mann.

„Da!" Oma zeigte mit der Hand auf die Leinwand, auf der Louis de Funès immer noch wild herumsprang, und konnte nicht aufhören zu lachen. Da lachte der Mann einfach mit.

Ein anderes Mal wurde es still im Kinosaal, als der Gong ertönte und die Besucher gespannt auf die Leinwand sahen.

„So eine Frechheit!", schimpfte Oma so laut, dass es jeder hören konnte. „Es stinkt!", setzte sie nach. „Wie kann man sich so vergessen?" Sie zeterte noch eine Weile über den Mann in der Reihe vor ihr, der offenbar ständig pupste.

Plötzlich hörte die Oma auf zu schimpfen und schaute sich still den ganzen Rest des Filmes an. Nach der Vorstellung zerrte sie mich eilig aus dem Kinosaal bis hinüber in den Park. Dort lachte sie so laut, dass die Spaziergänger stehen blieben und ihre Köpfe schüttelten. Schließlich stellte sie ihre Tasche auf einer Parkbank ab und befahl: „Riech mal!"

Verwundert hielt ich meine Nase über die Tasche, Aus der Tasche stank es ganz fürchterlich.

„Das ist mein Käse. Ich habe vergessen, ihn nach dem Einkauf auszupacken."

Der Wanderzirkus

Ich lebe in Frankfurt. Das ist eigentlich eine tolle Stadt, doch ich halte es daheim einfach nicht mehr aus. Ständig schreiben mir die Eltern vor, was ich zu tun und zu lassen habe, welchen Pulli ich in der Schule tragen darf und welchen nicht. Nicht einmal schminken darf ich mich! Sie bestimmen sogar, wann ich am Abend daheim sein muss. Dabei bin ich seit einem ganzen Monat Sechzehn! Mutter sagt, sechzehn ist noch lange nicht achtzehn und ich solle erst einmal meine Schule beenden. Schule! Ich mag nicht mehr in die Schule gehen. Mir ist überhaupt nicht klar, wofür ich diesen ganzen Quark brauche.

„Für eine gescheite Ausbildung", behauptet Vater.

Ich will nicht in einem langweiligen Büro herumsitzen und auch nicht irgendwelche Teile zusammenschrauben. Studieren will ich schon gar nicht, dazu müsste ich noch länger lernen. Nein, ich will viel Geld verdienen und ganz viel reisen.

Meine Eltern gehen mir gehörig auf die Nerven. Sie bestehen darauf, dass ich meine Schule beende und danach einen Beruf lerne. Nur so hätte ich eine Zukunft. Doch sie haben keine Ahnung von der heutigen Zeit, denn sie sind bereits über Vierzig, also uralt.

„Marie, laufe bitte schnell zum Bäcker und hole ein Brot!"
„Ich?"
Mutter verdreht die Augen. „Natürlich du. Du hast Zeit."
„Zeit? Aber doch nicht zum Einkaufen! Das ist nicht meine Aufgabe. Ich habe anderes zu tun."
„Was denn?", fragt Mutter nach.
Jetzt glaubt sie, ich falle auf ihre scheinheilig freundliche Stimme herein.
Kinder darf man nicht zum Arbeiten anhalten, das ist Missbrauch und kann bestraft werden. Das haben wir in der Schule gelernt. Ich kenne alle meine Rechte ganz genau und weiß sogar, dass mir viel mehr Taschengeld zusteht als ich von Mutter bekomme.
„Jedenfalls habe ich keine Zeit, zum Bäcker zu laufen", mache ich deutlich.
Mutter seufzt. Soll sie seufzen. So weit ist der Bäcker nicht, für diese kurze Strecke braucht sie nicht einmal das Fahrrad.
„Du musst auch etwas im Haushalt helfen und …
„… und mich nicht nur bedienen lassen. Jaja, diese Leier kenne ich schon."

Sie schaut mich ziemlich betröffelt an und sagt: „Früher warst du netter."

„Früher habe ich noch gar nicht gelebt", kontere ich.

Ständig liegt sie mir in den Ohren mit ihren alten Geschichten von früher, für die sich kein Schwein interessiert. Was kann ich dafür, dass sie früher geboren wurde als ich und sie damals gehorchen musste? Das waren andere Zeiten. Heute haben auch die Kinder ihre Rechte.

„Sei nicht so frech zu deiner Mutter!", mischt sich Vater ein.

Dazu hat er kein Recht, denn er ist gar nicht mein Vater, auch dann nicht, wenn ich ihn so nenne. Er ist nur Doreens Vater und Mutters Mann.

Ich schaue ihn böse an und schreie: „Du hast mir gar nichts zu sagen! Bist nicht mal mein Erzeuger!"

Im gleichen Moment spüre ich seine Hand in meinem Gesicht. Was erlaubt sich dieser Typ, mich zu ohrfeigen?! Ich könnte ihn anzeigen! Werde ich auch machen! Zum Bäcker kann der Typ selber gehen, ich gehe rauf in mein Zimmer. Und Gnade Gott, dass mir einer nachsteigt. Der soll mich kennenlernen!

Ich schalte meinen Player an, drehe Mark

Forster auf volle Lautstärke und schmeiße mich auf mein Bett.

Es wummert gegen die Tür. Wenn die denken, ich mache auf, haben die sich getäuscht.

„Du hast Kopfhörer! Benutze sie!", höre ich Mutter rufen.

Das könnte ihr so passen. Ich lasse mir nicht vorschreiben, wie ich meine Musik höre.

Nun mischt sich Vater ein. „Marie! Mach sofort leiser oder ich drehe dir den Strom ab!"

Ist der jetzt ganz durchgedreht? Er kann mir doch nicht den Strom kappen! Wenn ich nun etwas am Computer ausarbeiten müsste? Das darf der gar nicht!

Doch ich weiß, er wird es tun. Natürlich wird es es tun. Er macht alles, was er sagt. Es ist zum Kotzen!

Ich stehe auf und stelle auf Kopfhörer um. Doch so einfach lasse ich mich nicht ausbremsen. Er wird mich noch kennenlernen. Das schwöre ich!

20 Uhr! Ich muss wohl eingeschlafen sein.

Gibt es heute kein Abendessen? Wir essen immer 19 Uhr, pünktlich auf die Minute - und zwar am Esstisch. Ausgerechnet dann, wenn meine Serie beginnt. Das machen die mit Absicht! Wen stört es, wenn ich hier oben in meinem Zimmer esse? Oder wenn sie unten im Esszimmer den Fernseher laufen ließen? Aber nein, wir sollen uns unterhalten. Ich hasse das! Doreen plappert immer irgendwelchen Schwachsinn und ich soll mich dauernd entscheiden. Was weiß denn ich, was ich nach der Schule machen will? Weiterlernen will ich jedenfalls nicht. Das habe ich denen klipp und klar gesagt.

Doch dass sie mich nicht zum Essen gerufen haben, nehme ich ihnen schwer übel. Soll ich verhungern? Sonst heißt es immer: „Iss, Mädchen, du bist zu dünn!"

Ich glaube, die wollen mich nicht. Die wollen nur Dorreen, die süße kleine Doreen, die ist ja soo niedlich! Wenn die wüssten! Sie ist ein Biest, eine ganz falsche linke Kröte, tut immer nett und freundlich und hintenrum redet sie ganz anders. Sie zwickt und kneift, wenn sie nicht weiter weiß. Das tut höllisch weh. Ich kann sie nicht leiden. Meistens jedenfalls.

Ich kann überhaupt niemanden leiden.

Mark Forster singt mir ins Ohr: „Wir fliegen weg ... Wir brechen auf ... Die Welt ist klein und wir sind groß."

Ja, ich bin groß. Mit sechzehn muss ich mich nicht wie ein Baby behandeln lassen. Wegfliegen wäre jetzt genau das Richtige für mich. Alles zurücklassen und endlich frei sein, es krachen lassen, leben. Hier nehmen mir die

Eltern und die Schule die Luft zum Atmen. Ich muss hier raus! Ich muss hier weg! Ich haue ab! Sie wollen mich nicht, also will ich sie auch nicht. Sollen sie doch sehen, wie sie ohne mich klar kommen! Außerdem haben sie Doreen. Die können sie bemuttern und betüteln. Mich werden sie nicht vermissen, ich bin hier nicht erwünscht.

Mir laufen Tränen übers Gesicht, weil das Leben so ungerecht ist, jedenfalls mein Leben.

Als ich den Schrank öffne, fallen mir einige Pullis entgegen. Mutter genügt es nicht, dass ich meine Sachen in den Schrank packe. Nein, ich soll sie auch noch falten und hübsch ordentlich stapeln. Als ob das jemanden etwas anginge, wie ich mein Zeug aufbewahre. Nun, damit ist jetzt Schluss und zwar endgültig!

Schnell stopfe ich einige Shirts, Wäsche und Socken in meinen Rucksack und zähle meine Habe: 246 Euro. Das ist viel. Nun zahlt sich aus, dass ich immer so sparsam bin und mir die Klamotten lieber schenken lasse als sie selbst zu kaufen.

Leise schleiche ich die Treppe hinunter. Aus dem Wohnzimmer höre ich Stimmen. Doch es sind nicht die der Eltern, sondern von einer Fernsehsendung.

Zu essen kann ich mir nichts machen, denn die Küchenzeile mit dem Kühlschrank befindet sich in der Stube und sie würden mich sehen, mir Vorhaltungen machen, Fragen stellen. Ich will das alles nicht mehr. Ich will einfach nur weg - egal wohin.

Ich flitze zur Straßenbahn. Kaum sitze ich drin, will ich Lara anrufen. Meine Freundin weiß alles über mich, wir haben keine Geheimnisse voreinander. Doch wo ist mein Handy? Ich habe es immer in der Jacke. Auch in der Hose steckt es nicht. Plötzlich fällt mir siedend heiß ein, dass ich es am Nachmittag zum Aufladen anschloss. Es liegt daheim auf meinem Schreibtisch. So ein Mist! Wie soll ich ohne mein Phon über den Abend kommen? Das ist eine echte Katastrophe! Doch zurück kann ich nicht mehr. Ich will auch nicht. Eigentlich ist es ganz gut, dass ich kein Handy habe, so erreicht mich niemand.

Zufrieden lehne ich mich zurück und bin wenige Minuten später auf dem Bahnhof. Dort studiere ich den Fahrplan. Der nächste Zug fährt nach Berlin. Berlin ist DIE Stadt. Dort trifft sich alles, was Rang und Namen hat. Dort müsste man leben. Dort müsste ICH leben! Warum eigentlich nicht? Ich werde nach Berlin fahren.

Du lieber Himmel! 150 Euro für eine einfache Fahrt? Eine ermäßigte Schülerkarte gibt es nicht. Kurz nach Mitternacht fährt noch ein Zug, der kostet fünfunddreißig Euro weniger, aber immer noch über hundert Euro. Ich finde es seltsam, dass man für die gleiche Strecke unterschiedliche Preise zahlt. Wie dem auch sei, es ist und bleibt viel zu teuer.

Was mache ich denn jetzt?

„Na, junge Dame, was treibt dich zu so später Stunde auf den Bahnhof?"

Erschrocken drehe ich mich um und schaue in das strenge Gesicht eines Mannes. Er trägt eine fast schwarze Uniform. Bahnpolizei.

„Ich?" Ich überlege kurz und sage: „Ich warte."

„Soso."

„Ja, auf die Oma. Die, die kommt gleich mit dem Zug. Ich will nur schnell noch zur Toilette."

Und schon bin ich weg.

Auch hier muss man bezahlen. Ob mir der Bulle gefolgt ist? Hier kann ich jedenfalls nicht ewig bleiben. Das Fenster lässt sich nicht öffnen. So ein Mist!

Eigentlich war ich doof, gleich wegzulaufen. Mir kann schließlich keiner verbieten, auf dem Bahnhof zu stehen. Ich könnte ja heimfahren um diese Zeit, ist immerhin erst kurz nach 21 Uhr. Oder sieht man mir an, dass ich daheim getürmt bin? Vielleicht wollte der Typ nur anbändeln. Schließlich sehe ich nicht übel aus und sowieso älter als sechzehn. Sicher habe ich mich mit meinem Gestottere längst verdächtig gemacht.

Ich setze mich aufs Fensterbrett und denke nach. Ich brauche einen Plan, eine richtige Strategie. Sonst gerate ich bei der nächsten Situation ins Teufels Küche.

Ich will also nach Berlin. So viel steht fest. Doch wie komme ich dorthin? Zum Trampen bin ich zu feige. Schon gar nicht mitten in der Nacht. Ob ich erst einmal zu Lara fahre? Doch dort würden die Eltern zuerst suchen. Oma fällt auch aus. Ob die daheim schon gemerkt haben, dass ich weg bin? Sollen sie! Ich werde niemanden vermissen.

Irgendwie ist mir zum Heulen zumute. Das ist nur, weil ich so einen Hunger habe. Und daran sind allein die Eltern schuld, weil sie mich nicht zum Essen gerufen haben. Ich merke, wie Wut in mir hochkriecht. Ich könnte die Fenster-scheibe zerschlagen, trete aber nur mit dem Fuß gegen die Klotür.

„Besetzt! Was soll das?"

Ich trete noch einmal mit Wucht dagegen und gehe in die Bahnhofshalle. Der Bulle ist nicht zu sehen. Schade. Der käme mir jetzt gerade recht, dem hätte ich jetzt kräftig die Meinung gegeigt.

Ich stehe draußen am Bahnhofsvorplatz und

weiß nicht, wohin ich fahren könnte. Müde bin ich zwar nicht, doch ich brauche trotzdem einen Schlafplatz. Es ist nicht kalt, doch ziemlich nass, weil es zwei Tage hintereinander geregnet hat.

Plötzlich fällt mir ein Plakat auf. Darauf ist ein Löwe in einer Manege abgebildet, ein Zirkus. Dieser Zirkus gastiert in Offenbach. Das ist DIE Idee! In Offenbach kenne ich mich aus, weil ich dort im Turnverein bin und zum Glück sogar eine Jahreskarte für die Bahn habe. Ich werde zum Zirkus gehen, mitreisen, vielleicht auftreten. Schließlich habe ich Talent und kann balancieren, am Seil turnen und überhaupt: was man nicht kann, das kann man lernen.

Eine knappe Stunde später stehe ich vor einem riesigen Zelt, das viel größer ist als unser Haus. Wie lange war ich schon nicht mehr im Zirkus? Ich weiß es nicht.

Unzählig viele Leute kommen mir entgegen. Sie drängen aus dem Zelt und hinaus auf die Straße. Ich quetsche mich zwischen ihnen hindurch, werde angerempelt. Doch keiner hält mich auf, keiner schaut mich böse an, alle haben glückliche Gesichter und reden laut durcheinander.

„Hast du das Mädchen oben in der Schaukel gesehen? Ich konnte gar nicht hingucken."

„Der Tiger! Ich dachte, jetzt haut er dem Dompteur mit seiner riesigen Tatze auf den Arm."

„Ich habe so über den kleinen Clown gelacht, mir sind direkt die Tränen gelaufen."

Unwillkürlich muss ich lächeln und freue mich. Ich weiß nur noch nicht, worüber ich mich so freue.

Das Zelt ist fast menschenleer. Nur einige Burschen sammeln Papier und Coladosen auf. Und in der Mitte stehen drei Artisten in ihren leuchtend bunten Kostümen und werfen sich ebenso bunte Bälle zu. Zuschauer sind keine mehr hier, vielleicht proben sie nur.

Hinter dem Zelt sind viele kleinere Zelte, aus denen seltsame, fast unheimliche Geräusche kommen. Ich gehe näher. Niemand hindert mich daran. Plötzlich kommt eine Gruppe Leute vorbei, die Lamas an Leinen führen. Erschrocken springe ich zur Seite.

„Hoppla, Mädchen! Nicht so stürmisch!"

Fast wäre ich gegen einen Klappstuhl gestolpert, auf dem ein grell geschminkter Mann sitzt. Er hebt seine Flasche, die er in der Hand hält, und prostet mir freundlich zu. Neben ihm sitzen in einem Kreis mehrere Leute, die sich munter unterhalten. In der Mitte steht ein kleiner Grill auf wackligen Metallbeinen, auf dem Würstchen brutzeln. Ich merke plötzlich,

dass ich großen Hunger habe. Warum habe ich auf dem Bahnhof nichts gekauft?
Schnell gehe ich weiter.

Ich höre das laute und unruhige Wiehern mehrerer Pferde und stehe kurz darauf mitten in einem großen Pferdestall. Pferde sind meine Welt! Ich war schon oft auf dem Reiterhof hier in Offenbach, wo sie sehr schöne braune Pferde haben. Hier tänzeln weiße Pferde unruhig hin und her und beißen nach ihren Nachbarn. Weiter hinten stehen mehrere kleine Ponys und rabenschwarze Kaltblüter friedlich nebeneinander. Die Schwarzen sind wunderschön. Ich wuschle mit meiner Hand durch eine unglaublich dichte Mähne. Das Pferd knabbert suchend an meiner Jacke.
„Ich habe nichts für dich, du Schöner", bedaure ich und streichle seine samtweiche Schnauze.
„Schön, nicht wahr?"
Erschrocken fahre ich herum. Vor mir steht ein Junge, kaum älter als ich. Ich nicke ihm zu.
„Bist neu?"
Wieder nicke ich.
„Zu wem gehörst du?"
Ich zucke mit der Schulter. Soll ich ihm sagen, dass ich zu niemandem gehöre? Oder einfach einen Namen nennen? Hier rennen so viele Leute herum, zu einem wird er schon passen.

„Was willst du eigentlich hier?"

Ich zeige auf die Pferde. „Ich mag Pferde."

„Jedes Mädchen mag Pferde", kontert er.

So ein arroganter Heini! Ich bin nicht wie jedes Mädchen.

„Und du? Was machst du hier? Bist du der Stallbursche?"

Der Junge lacht. „So etwas in der Art."

„Ich heiße Marie und würde gern hier bleiben, wenn das geht", sage ich mutig. Wenn er mich verpfeifen will, kann ich immer noch weglaufen.

„Klar, geht das." Das klingt etwas großspurig und ich weiß nicht, ob ich das glauben kann. „Marvin", ergänzt er freundlich und klopft mit der Hand auf seine Brust.

Marvin. Was ist das für ein seltsamer Name?

„Merkt das keiner, dass ich gar nicht zu euch gehöre?"

Marvin schüttelt den Kopf. „Die Saison hat gerade erst begonnen."

Ich zucke mit der Schulter.

„Das heißt, nur einige Artisten waren bereits im letzten Jahr hier, die meisten sind neu. Außerdem gibt es jede Menge neuer Hilfskräfte und natürlich die Familien der Artisten und Dompteure."

„Das verstehe ich nicht."

„Nur die Pferde, Raubtiere und die beiden Elefanten gehören fest zum Zirkus, natürlich die

Familie des Direktors und ein paar Dompteure. Im November ist Saisonschluss, dann kommen die Tiere in ihre festen Winterställe. Erst im März geht es wieder los."

„Ach so. Jetzt haben wir April und deshalb kennen sich noch nicht alle."

Marvin nickt. Er blinzelt mich an und zeigt mit der Hand auf meinen Rucksack. „Bist getürmt, was?"

Der denkt wohl, ich bin von gestern. Ich drehe mich um und lasse ihn einfach stehen. Doch er packt meinen Arm und sagt: „Keine Sorge, ich verrate dich nicht."

„Was treibt ihr noch hier! Verschwindet!", klingt es streng vom Eingang her.

„Der Nachtwächter", flüstert Marvin. „Er schläft hier bei den Pferden, hat da hinten sein Feldbett." Er zeigt mit dem Arm in die Richtung. Dann winkt er dem Mann zu und zieht mich aus dem Stall.

„Wo gehen wir hin?", frage ich.

Mir ist nicht ganz wohl in meiner Haut. Draußen ist es ruhig geworden. Auch am Grill sitzen keine Leute mehr. Der Platz ist nahezu finster, nur der Mond beleuchtet die Zelte und die vielen Zugmaschinen, an denen wir vorüber gehen. Alles wirkt ein wenig gespenstisch, als sich die Wolken immer wieder vor das

Mondlicht schieben und die Zelte sich zu bewegen scheinen.

„Zu mir. Wir gehen zu mir."

„Zu dir? Glaubst du, ich wäre so eine, die gleich mitgeht?"

Marvin zuckt mit der Schulter. „Ob ich´s glaube oder nicht, es ist deine Entscheidung. Du kannst auch wieder gehen und woanders schlafen." Etwas freundlicher setzt er hinzu: „Ich habe im Wohnwagen ein Abteil ganz für mich. Da findet dich keiner." Er boxt mich sanft gegen den Oberarm. „Komm schon!"

Eigentlich bin ich kein Angsthase. Doch im Moment ist mir etwas mulmig zumute. Marvin hat Kraft, ich habe seine Muskeln sehr wohl bemerkt. Ich mag das. Ich mag auch, dass er nach Stall riecht und mich so herausfordernd anschaut. Nur fühle ich mich hier so schrecklich fremd und direkt unsicher. Ungeduldig klopft er mit seinem Fuß gegen das Rad des Wohnwagens.

„Bei mir bist du sicher. Und tagsüber hilfst du mir, bis wir einen Job für dich gefunden haben."

Ich nicke, obwohl Marvin das in der Dunkelheit nicht sehen kann, und folge ihm hinein in seine Kammer. Sie ist erheblich geräumiger als ich von außen vermuten konnte: ein richtiges Bett, ein Tisch mit zwei Bänken und ein Schrank. Er klappt den Tisch nach unten und es entsteht eine schmale Liege, auf die er eine Art Polster legt. Dann reicht er mir eine Decke.

„Das muss für heute genügen."

Das ist jetzt fast zwei Monate her. Der Zirkus ist inzwischen weitergezogen und ich mit ihm. Marvin hat bei den Dressurreitern ein gutes Wort für mich eingelegt. Jetzt bin ich Praktikantin und darf den ganzen Tag bei den Pferden helfen und sogar bei den Proben dabei sein. Am schönsten ist es, wenn ich reiten darf. Inzwischen schlafe ich im Gemeinschaftswohnwagen der Mädchen, doch meinen Marvin sehe ich täglich.

Ich habe mich in ihn verliebt und das nicht nur, weil er so wunderbar küssen kann.

Immerhin weiß ich jetzt ganz genau, was ich machen werde. Ich will hier beim Zirkus bleiben, zumindest vorerst. Hier kann ich viel mehr lernen als in der Schule. Jeder Tag ist anders spannend, ständig erlebe ich etwas anderes und lerne viele interessante Leute kennen.

Manchmal habe ich Sehnsucht nach Mama. Sie hat ohne zu zögern ihr Einverständnis gegeben, dass ich im Zirkus bleiben darf. Im September gastieren wir in Fulda, da kommt sie mich besuchen und wird ganz sicher darüber staunen, dass ich ohne festzuhalten auf dem Pferd sitze, mich auf seinen Rücken knien und dabei ein Bein heben kann.

Auch ist das Suchen und Irren gut,
denn vom Suchen und Irren lernt man.

Johann Wolfgang von Goethe

Schwedischer Härtetest

„Fahrt ihr wieder in die Lausitz zum Zelten?"
„Nein." Thomas schüttelt den Kopf.
Das wundert mich. Wir kennen unsere Freunde
Thomas und Anja seit fünfzig Jahren und in fast
jedem Sommer machten sie Urlaub auf ihrem
geliebten Zeltplatz in der Lausitz.

Ganz am Anfang unserer Freundschaft wollten
wir alle vier gemeinsam zelten. Mein Freund
und ich hatten uns extra ein kleines Zelt von
Verwandten geborgt. Doch gleich die erste
Nacht endete in einem Desaster, weil ich
plötzlich Panik bekam und zu allem Unglück im
Dunkeln weder die Taschenlampe noch die
Zeltöffnung fand. Wohin ich auch griff – überall
stieß ich an Wände, die sich bewegten. In
meiner Angst fing ich an zu schreien. Mein
Freund machte sofort Licht und öffnete das
Zelt. Dann legte er seinen Arm um meine
Schulter und wir spazierten gut eine Stunde
durch die Nacht. Danach war ich bereit, zurück
in meinen Schlafsack zu kriechen. Den Eingang
ließ er offen, indem er die Zeltplanen weit nach
oben auf das Dach klappte. Ich klammerte mich
an meinen Freund und lauschte auf die Laute

draußen, hörte Leute in den Nachbarzelten schnarchen und in der Ferne Frauengekicher. Das beruhigte mich schließlich.

Am nächsten Morgen packte ich meine Sachen. Ich musste hier weg. Meine Kleider lagen zusammengeknüllt auf dem Boden und rochen muffig nach Erde. Das fand ich eklig. Noch ekliger war der Gang zum Klo. Ein großer gefliester Raum, vier Kabinen mit Pendeltüren an der linken Seite, gegenüber sechs Waschbecken, zwei Duschköpfe an der hinteren Wand. Wenn einer die Tür öffnete, konnte man die Nackten unter der Dusche beobachten. So wollte ich meinen Urlaub nicht verbringen.

Anja und Thomas gefiel das Leben auf dem Zeltplatz. Sie fühlten sich frei und alles andere als eingeengt. Draußen in der Natur zu schlafen, zu kochen, zu essen war für sie der reine Genuss. Auch später, als sie Kinder hatten, zelteten sie mit ihnen. Sie fanden es nicht einmal schlimm, wenn es regnete. Dann zogen sie ihre Friesenpelze über und patschten mit Gummistiefeln durch die Pfützen.

Wir dagegen bevorzugten Unterkünfte in Hotels, in denen unsere Kinder ihr eigenes Zimmer hatten und wir uns jeden Tag an den gedeckten Tisch setzten und uns verwöhnen ließen.

Somit war es leider nicht möglich, den Urlaub gemeinsam mit unseren besten Freunden zu verbringen.

„Ihr fahrt nicht in die Lausitz?", frage ich noch einmal. „Geht es etwa wieder nach Australien?"
Im letzten Jahr mieteten Anja und Thomas am anderen Ende der Welt ein kleines Auto und fuhren hunderte Kilometer quer durchs *outback*. Auch in Australien hatten sie ihr Zelt dabei, übernachteten darin und kochten sich täglich auf ihrem kleinen Gasbrenner die Mahlzeiten. Zeltplätze gibt es in *down under* weit häufiger als Hotels. Sie brachten eine CD mit eigentümlicher Musik mit, das Instrument nennt sich *didgeridoo* und spielt praktisch nur einen einzigen tiefen Grundton.
Ich bewundere es sehr, dass unsere Freunde bewusst auf jeglichen Komfort verzichten und sich dabei wirklich wohl fühlen.

Thomas erklärt: „Es geht dieses Mal in den Norden, nach Schweden."
Wir hatten vor einigen Jahren ebenfalls diese Idee. Doch leider wird in diesem schönen Land kaum Urlaub im Hotel angeboten. Man mietet traditionell ein Ferienhaus und muss sich selbst versorgen. Das kommt für mich nicht in Frage. Doch zu Anja und Thomas könnte es passen.

Ich frage deshalb: „Mietet ihr so ein hübsches rotes Holzhäuschen?"

Thomas schüttelt den Kopf.

„Du solltest uns besser kennen! Wir zelten natürlich. Von Stockholm aus fliegen wir nach Norden und wandern von dort 400 Kilometer gen Süden."

Vierhundert Kilometer? Solch eine unglaublich lange Strecke traue ich mir nicht zu, selbst dann nicht, wenn ich wie unsere Freunde vier Wochen Zeit dafür hätte.

„Und euer Zelt schleppt ihr die ganze Zeit mit?"

„Klar. Auch Schlafsäcke, Kocher, Verpflegung und Klamotten. Mein Rucksack wiegt dreißig Kilogramm, Anja ihrer ist acht Kilo leichter."

So schwer bepackt würde ich keine zwei Kilometer laufen wollen.

„Ihr seid keine zwanzig mehr", gebe ich zu bedenken, denn unsere Freunde sind Rentner wie wir.

Beim Abschied wünschen wir ihnen einen schönen Urlaub und viele interessante Erlebnisse und Begegnungen. Vielleicht sehen sie sogar einen Elch oder Bären.

Sechs Wochen später treffen wir uns wieder und freuen uns, näheres über den ungewöhnlichen Urlaub in Nordschweden zu erfahren. Anja und Thomas sehen braun gebrannt und wunderbar erholt aus. Wir setzen uns auf das breite Sofa. Thomas holt Bier für die Männer und Wein für die Frauen und Anja startet im Computer die Fotoschau. Es sind wunderschöne Aufnahmen von Bergen, Hügeln, steinigen Felsen, Wiesen, vielen Flüssen und Seen und SCHNEE!

„Schnee im August?", rufe ich entsetzt aus.

Thomas nickt.

„Anfangs stapften wir tagelang durch knietiefen nassen Schnee und brachen manchmal noch tiefer ein, weil unter dem Schnee das Tauwasser entlang lief."

„Du lieber Himmel!"

„Unsere Schuhe waren eigentlich immer nass. Doch das merkt man nach einer Weile nicht mehr", ergänzt Anja.

Ich möchte nicht in nassen Schuhen laufen, vor allem, wenn es keine Möglichkeit gibt, sich hinzusetzen und auszuruhen.

„Und das hat euch gefallen?", frage ich ungläubig.

„Und wie! Wir waren ganz allein auf der Welt, trafen nur hin und wieder ein paar Wanderer."

„Eigentlich begegneten uns immer wieder die gleichen Leute, was jedes Mal ein großes Hallo auslöste."

Beide schwärmen von einsamen Gegenden, wo es nicht einmal kleine Ortschaften gibt. Am

Startpunkt stiegen viele Leute mit ihnen aus dem Zug, alle bepackt mit riesigen Rucksäcken. Sie lernten neben Schweden Deutsche, Belgier, Engländer und sogar eine Mexikanerin kennen. Einmal trafen sie einen Mann, der außer seiner Muttersprache nur wenige englische Vokabeln kannte. Er bat sie, viel zu reden. Ihm sei gleichgültig, dass er nichts verstünde – er habe nur seit einer ganzen Woche keine Menschenseele getroffen.

„Aber er hätte doch seine Familie und Freunde anrufen können", wundert sich mein Mann.

Thomas lacht.

„Handyempfang gab es so gut wie gar nicht, manchmal in der Nähe einer Hütte."

„Hütte?"

Thomas erklärt: „Es gibt direkt am Wanderweg Trekking-Unterkünfte. Das sind Hütten, in denen man kochen und seine Sachen trocknen kann. Sogar Betten werden angeboten oder man baut sein Zelt neben solch einer Hütte auf. Wir mussten nur aufpassen, dass wir das Zelt hinter einen Felsen aufstellen, damit es der Wind nicht umbläst oder gar zerreißt."

Kalt und windig. Solch eine Kombination ist nichts für mich.

„In diesen Hütten konnte man meist seine Vorräte auffüllen."

„Was habt ihr unterwegs überhaupt gegessen?"

„Es gibt Tüten mit getrocknetem Gemüse, Nudeln und Fleisch, in die man wie bei der Fünf-Minuten-Terrine einfach heißes Wasser gießt. Und schon hat man eine komplette Mahlzeit."

Beim Wort Fünf-Minuten-Terrine schüttle ich mich. Doch wenn man lange gewandert und entsprechend hungrig ist, schmeckt solch eine Suppe vermutlich köstlich.

„Oft gehörte ein Saunahäuschen dazu", schwärmt Anja. „Man muss es selbst heizen und kann schon nach zwei Stunden den heißen Dampf genießen. Anschließend springt man in einen Fluss oder See gleich nebenan."

Unwillkürlich bekomme ich eine Gänsehaut am ganzen Körper. Ich kann nicht einmal kalt duschen. In einen eiskalten Schmelzfluss zu steigen wäre mir vollkommen unmöglich.

„Manchmal hatten wir Glück und die Sauna war bereits heiß. Hinterher mussten wir den Holzvorrat wieder auffüllen."

Verwundert schaue ich Thomas an.

„Na, das Holz, das wir verbrauchten, musste ersetzt werden. Also habe ich Holz gehackt."

„Auch die Wassereimer mussten wir wieder im Fluss füllen, den Abfall entsorgen und so weiter."

Innerlich verdrehte ich die Augen. Das klang für mich nicht nach Erholung. Doch jeder versteht wohl unter einem gelungenen Urlaub etwas anderes.

„Völlig ungewohnt war für uns, dass es im Mittsommer immer hell bleibt. Man verliert völlig das Zeitgefühl. Manchmal haben wir unser Zelt erst nach 22 Uhr aufgebaut und uns etwas zu essen gekocht."

„Weiter südlich wurde es wärmer, doch dort plagten uns die Mücken", erzählt Anja. „Mit Jacken kamen wir ins Schwitzen und ohne wurden wir zerstochen. Man riet uns, helle Kleidung zu tragen, doch die hatten wir leider nicht im Gepäck."

„Doch wir hatten Mittel zum Einreiben und natürlich ein Moskitonetz in der Nacht."

„Der Wanderweg führte oft durch einen Fluss", erzählt Anja. „Anfangs wussten wir nicht weiter und guckten ziemlich unsicher umher. Da riefen uns die Leute zu, dass wir da durch müssen. Also half nur eins: Schuhe und Strümpfe ausziehen, Hosen hochkrempeln und durch das kalte, meist knietiefe Wasser waten."

Sie klopft mit der Hand in ihre Kniekehle, um den Wasserstand anzuzeigen. Mir bleibt vor Staunen der Mund offen.

„Manchmal ist der Fluss so tief und breit, dass man ein Boot nehmen muss, um ihn zu überqueren."

„Aber ihr habt doch gar kein Boot!", rufe ich aus.

Thomas erklärt: „An solchen Stellen liegen Boote für die Wanderer bereit. Sind es zwei, darf man es am anderen Ufer zurücklassen. Ist es nur eines, muss man eins an die andere Seite zurückbringen. Das kostet Zeit und vor allem viel Kraft wegen der Strömung."

Da ich mir das nicht so recht vorstellen kann, malt Thomas auf, wie er ein Boot ans andere hängt, über den Fluss rudert, am Ufer festmacht und wieder zurück kommt, um mit Anja die Wanderung fortzusetzen.

Der Abend vergeht wie im Fluge bei all den spannenden Erzählungen über diese ungewöhnliche Trekking-Tour, die uns gleichermaßen erschrecken wie faszinieren. Wir haben großen Respekt vor der körperlichen Leistung unserer Freunde und bewundern ihre Gabe, einen Urlaub frei von jeglichem Komfort genießen zu können.

„Im nächsten Sommer wandern wir an der Stelle weiter, wo sie in diesem Jahr endete", beschließt Thomas schon voller Vorfreude seinen Bericht.

Paradies am Waldsee

Wir fahren gefühlte fünf Kilometer einen schmalen Feldweg entlang.

„Niemals sind wir hier richtig!", schimpfe ich.

„Doch, ich bin mir ganz sicher. Gunter hat mir den Weg genau beschrieben."

Ich glaube meinem Mann nicht. Es wäre nicht das erste Mal, dass wir uns verfahren. Die Gartensiedlung soll an einem See mitten im Wald sein. Ich sehe keinen Wald, nur Felder. Unvermittelt endet der Weg an einem hohen Zaun mit einem großen Tor aus Eisen, vor dem fünf Autos parken. Wir finden nur noch einen Platz direkt am Zaun. Damit Frank unser Fahrzeug so nahe wie möglich an den Rand stellen kann, lässt er mich aussteigen. Ich trete in ein Loch. So ein Mist! Hätte ich nur meine derben Sporttreter angezogen und nicht die hellblauen Stadtschuhe. Zum Glück haben sie keinen Absatz, der wäre jetzt gebrochen. Mein Fuß ist ebenfalls heil geblieben, er schmerzt nur ein wenig.

Das Tor ist geschlossen. An ihm hängt ein großes Schild *Gartensiedlung Waldsee*, *Tor Samstag und Sonntag von 14 bis 15 Uhr geöffnet.*

Es ist 15:30 Uhr. Ich schnaufe verärgert.

„Vielleicht können wir außen herum?", vermutet Frank.

„Und wenn schon, es wäre immer außen und Gunters Garten ist drinnen, *hinter* dem Zaun."

Frank überlegt, dann lacht er. Ich lache nicht. Ich habe schlechte Laune. Ich mag Gunter nicht. Und noch weniger mag ich Grillfeiern. Es sind 31 Grad. Bei derartiger Hitze gehe ich daheim nie vor die Tür. Und hier will Gunter noch ein Feuer machen, als wäre es nicht warm genug, und Fleisch grillen.

Doch ich habe Frank versprochen, nicht zu meckern. Also halte ich nur die Luft an und seufze. Das bringt mir einen bösen Blick ein. Darf ich nicht einmal seufzen?

Ich fauche: „Willst du diesen Gunter nicht bald anrufen? Sonst stehen wir morgen noch hier!"

Wieder diese böse Blick, dieses Mal noch eine Nuance böser. Immerhin greift Frank zum Handy und wählt.

„Wir sind am Tor. O.k."

„Und?"

„Er holt uns ab."

Ich verdrehe die Augen. Wir stehen hier in der Wildnis herum und warten, bis uns jemand das Tor aufsperrt.

„Er weiß doch, dass wir kommen. Warum hat er nicht schon früher geöffnet?"

So langsam werde ich wütend.

„Du lässt auch nicht unsere Wohnungstür offen stehen, wenn wir Besuch erwarten", blafft Frank.

„Du vergleichst unsere Wohnung mit einem Garten? Ich fasse es nicht!"

„Sch! Er kommt."

Frank winkt hinter den Zaun.

„He, da seid ihr ja!", tönt es fröhlich aus der Ferne. Kurz darauf wird das Tor aufgesperrt.

„Hallo", grüße ich und reiche Gunter die Hand. Das Begrüßungsbussi fällt aus, denn der Mann steht mit völlig nacktem Oberkörper vor mir. Er trägt nur eine Art Unterhose und Badelatschen. Vermutlich war er gerade im See, denn seine Haut glänzt feucht.

Aus den Augenwinkeln sehe ich, dass mir Frank einen warnenden Blick zuwirft. Sicher glaubt er, ich würde seinem Kumpel gleich hier am Zaun meine Meinung an den Kopf werfen. Doch ich kann mich beherrschen.

Hinter uns wird das Tor wieder vorschriftsmäßig abgeschlossen.

Gunter führt uns einen breiten Weg entlang, der zwischen eingezäunten winzigen Parzellen verläuft. Ich sehe so weit das Auge reicht nur kleine Hütten, keine Wiesen oder gar Bäume, kaum Blumen und kein Gemüse. Manchmal steht vor oder zwischen den Häuschen eine Bank oder zwei Stühle, auf denen Leute sitzen, die uns neugierig begucken. Gunter grüßt sie alle, in dem er ihre Vornamen ruft. „Birgit.", „He, Bernd!" „Kolja!"

Der Weg ist abschüssig und gibt den Blick auf einen See frei, der wunderschön in der Sonne glitzert. Ab und zu zweigen schmale Pfade nach beiden Seiten ab. Wir biegen einmal nach links und kurz darauf wieder nach rechts. In diesem gleichförmigen Gewirr würde ich mich rettungslos verlaufen.

„Wir sind da", ruft Gunter nach mehreren Minuten freudig aus und zeigt mit dem Arm auf einen schmalen Kiesweg, auf dem wir uns zwischen einer Thujahecke und einer Laubenwand hindurchzwängen. Fast wäre ich auf eine Blechschüssel getreten.

„He! Das ist meine Sat-Schüssel!"

Salatschüssel auf dem Boden?

„Pass doch auf!", zischt Frank leise und laut zu Gunter: „Hast du Empfang, wenn die Schüssel so auf dem Boden steht?"

Gunter nickt. „Logo!"

Wir stehen auf einer Art gepflasterten Terrasse, auf der gerade so eine Bank, ein Tisch und zwei Stühle Platz haben. Aus der offenen Laubentür winkt eine Frau. Sie muss den Stuhl, der davor steht, beiseite rücken, um herauskommen und uns begrüßen zu können.

„Schön, dass wir uns endlich kennenlernen", sagt sie.

Ich reiche ihr die Hand. „Sandra."

„Ulli, eigentlich Ulrike, aber Ulli ist gut. Sagen alle."

Ich nicke und ärgere mich, keinen Blumen mitgebracht zu haben. Ich bringe immer Blumen mit, wenn ich irgendwo eingeladen bin. Doch Blumen mitzubringen, wenn man Leute in einem Garten besucht, hielt ich für unpassend. Allerdings sehe ich hier keine Blumen, nicht eine einzige. Zwei Töpfe mit Kräutern stehen an der Seite. Ich muss aufpassen, dass ich sie nicht umtrete.

„Setzt euch!", ruft Gunter.

Frank drückt Ulli die Flasche Rotwein in die Hand, die wir mitgebracht haben. „Gunter sagt, du magst trockenen Roten."

„Supi!", kreischt sie. „Mach doch mal auf!" Sie hält die Flasche schräg in Richtung Gunter, doch der sieht es nicht.

Er fragt: „Bierchen?"

Frank nickt.

„Trinkst du, wir bleiben doch gleich beim Du?" Ulli stupst mit der Flasche gegen meinen Oberarm.

Ich nicke schnell.

„Trinkst du Rotwein mit?"

Wieder nicke ich. Rotwein trinkt man nicht kalt. Doch bei mehr als dreißig Grad Hitze und dem Geschüttel im Auto kann ich mir nicht vorstellen, dass unser mitgebrachter Wein schmeckt. Ich nehme mir vor, nur hin und wieder daran zu nippen. Ich stupse leicht gegen Franks Arm und zeige mit dem Kopf in Richtung Flasche, die immer noch geschlossen ist.

„Hast du einen Korkenzieher hier?", fragt er.

„Alles da!", brüllt Gunter, kramt in einer Werkzeugkiste und reicht Frank den Öffner.

Ulli hält ihm zwei Plastikbecher hin. Wieder steigt Wut in mir hoch. Da hätte ich mir um die Sorte wohl nicht so viel Gedanken machen und schon gar keine Bio-Qualität wählen müssen. Doch ich sage nichts und stoße mit dem Plastikbecher auf einen schönen Abend an.

„Hier ist also unser Paradies", verkündet Gunter recht theatralisch und breitet seine Arme weit aus.

Frank nickt etwas unsicher.

„Aber viel Platz habt ihr nicht gerade", stelle ich fest.

„Mehr brauchen wir nicht. Den See und den Wald vor der Tür."

Vielmehr hinter dem Zaun, denke ich.

„Wir sind den ganzen Sommer über hier draußen", setzt Gunter stolz hinzu.

„Übernachtet ihr etwa hier?"

„Aber klar doch!" Überrascht schaut mich Ulli an. Für sie ist es wohl selbstverständlich, hier draußen in solch einer engen Hütte die Nacht zu verbringen. „Komm! Ich zeige euch unser Reich!"

Ich quetsche mich aus der Bankecke, schiebe den Stuhl noch etwas zur Seite, um durch die Tür treten zu können. Mir schlägt heiße, stickige Luft entgegen. Mit zwei kleinen Schritten erreicht man die moderne kleine Küchenzeile. Unter dem Fenster ist ein Waschbecken, daneben ein Kühlschrank, auf dem zwei Schüsseln stehen: eine mit Kartoffelsalat und eine mit Rapunzel, außerdem ein Korb voller Brot.

Rechts neben mir sehe ich eine offene Tür, es ist das Klo.

„Schau ruhig rein!", ruft Ulli stolz.

Artig mache ich einen Schritt in die Richtung und luge um die Ecke. Dort sehe ich eine schmale Duschkabine. Um nicht allzu entsetzt zu wirken, male ich mir aus, wie Gunter seinen ziemlich auffälligen Bauch hier in dieses Loch schiebt. Drehen kann es sich bei geschlossener Tür wohl kaum.

Zwischen der Klotür und dem Küchenschrank

befindet sich eine schmale Leiter.

„Da oben sind unsere Betten, absolut romantisch", schwärmt Ulli. „Na, was sagst du?"

„Also für mich wäre das nichts."

Zwei frisch verliebte junge Leute könnten hier für einige Stunden unterkriechen, doch mehrere Tage hier zu wohnen kann ich mir keinesfalls vorstellen.

„Wieso? Wir haben hier alles, was wir brauchen."

Ich nicke etwas irritiert und sage lieber nichts.

„Das Grundstück war ein absoluter Glückstreffer."

Unter einem Grundstück stelle ich mir etwas anderes vor.

Mein Vater hatte früher ebenfalls einen Garten, in den diese Parzelle mindestens zehn Mal hinein gepasst hätte. Seine Laube war nicht größer als diese hier. Sie hatte weder eine Toilette noch Schlafplätze, nur einen alten Küchenschrank und Platz für Gartengeräte. Doch der Garten bestand aus einer großen Wiese, einem Gewächshaus für Gurken, Tomaten und Paprika, zwei Kirschbäumen, zwei Apfelbäumen, mehr als zehn Beeren-sträuchern, vielen Beeten für Gemüse und ganz vielen Blumen, die in Rabatten den Weg säumten und an der Laube emporwuchsen.

Solch einen Garten hatte ich erwartet.

Dieses winzige „Paradies" ist nicht viel größer als meine Wohnstube. Wenn ich daheim auf dem Balkon sitze, sehe ich den Park und nach der anderen Seite die Wiese zum Nachbarn. Hier sehe ich nur die Thujahecke, links von mir einen Maschendrahtzaun, an dem Efeu empor rankt und rechts ist die Laube. Immerhin aus Stein und nicht aus Holz wie damals bei meinem Vater.

„Ist es nicht herrlich hier draußen in freier Natur?", schwärmt Ulli.

Ich fühle mich nicht frei, sondern eingeengt. Mein Balkon ist zwar viel schmaler, aber durch den weiten Blick über die Wiese in die Bäume vom Park fühle ich mich dort wesentlich freier. Die hohen Stadthäuser ringsum engen mich nicht so ein wie die vielen winzigen Hütten hier.

„Wie lange fahrt ihr von daheim bis hierher?", erkundige ich mich.

„Halbe Stunde, im Berufsverkehr etwas länger. Naja, Ulli hat es bis zur Arbeit von hier aus etwas weiter."

„Ach, ihr seid nicht nur an den Wochenenden hier?"

Verständnislos schauen mich Ulli und Gunter an.

„Ab April, wenn sie das Wasser anstellen bis in den Oktober, manchmal November hinein."

„Dann braucht ihr eure Wohnung in der Stadt gar nicht", versuche ich zu scherzen.

„Wir fahren aller drei, vier Tage zurück. Blumen gießen, Wäsche waschen, nach der Post sehen", erklärt Ulli.

Verwundert schaue ich sie an. Doch vielleicht haben sie nicht so eine schöne Wohnung wie wir, weshalb sie die Unbequemlichkeiten in einer winzigen Laube so weit außerhalb der Stadt in Kauf nehmen, fern von Geschäften und jeglichem Komfort.

Im gleichen Moment fallen mir unsere Nachbarn ein, die in der Stadt über uns wohnen. Sie besitzen einen Wohnwagen, der an einem See einen festen Stellplatz hat. Sie verbringen jeden freien Tag auf dem Campingplatz, oft sogar im Winter und schwärmen von der großen Freiheit, dem weiten Blick über das Wasser und dem ungezwungenen Leben. Dabei ist dieses Leben gar nicht so ungezwungen, denn es gibt viele strenge Verhaltensregeln. Doch jeder stellt sich wohl unter Freiheit etwas anderes vor.

Deshalb sage ich lieber nichts.

Direkt vor der Hecke zeigt Gunter auf einen Topf auf Rädern.

„Mein Grill!", verkündet er stolz. „Thermometer. Lüftungsregler. Alles dran."

Frank zeigt sich beeindruckt. Ich versuche, möglichst normal zu schauen. Gunter klappt den Deckel hoch und ich sehe den Grillrost.
„Kohle hole ich immer von Aldi, beste Qualität."
Aha, neben Butter und Gemüse kann man auch Kohle bei Aldi kaufen. Hoffentlich hat er nicht auch das Fleisch von dort.

„Wollen wir zum See?", fragt Ulli.
„Gern", erwidere ich. Ich bin froh, aus der engen Ecke herauszukommen und etwas anderes als diese Thujahecke zu sehen. Außerdem tut mir schon der Hintern weh, denn die Bank ist hart und das Kissen sehr dünn.
„Kannst hierbleiben und in Ruhe dein Bierchen trinken", verkündet Gunter und schaut Frank dabei an.
Amüsiert beobachte ich meinen Mann, der zu mir schielt, seine Flasche wie zum Gruß hebt und etwas gequält lächelt. So ein Feigling. Ich weiß, dass er lieber ein paar Schritte gehen würde. Doch er hat sich nicht einmal getraut, um ein Glas zu bitten. Er trinkt wie Gunter aus der Flasche.
Wir müssen nicht zurück zum Eingang, sondern können am unteren Ende die Laubenkolonie verlassen. Dort gibt es ein ebenfalls zugesperrtes Tor. Dahinter ist eine große Wiese und ein wunderschöner See mit Schilf an den

Rändern, aber ohne Vögel auf dem Wasser. Dahinter sehe ich Bäume, doch vor diesen Bäumen einen hohen Zaun aus Blech.

„Dahinter ist der FKK", erklärt Ulli.

Am See ist der Weg zu Ende und auch der Zaun. Ich sehe kleine Lauben, Wohnwagen und Zelte. Dazwischen laufen unbekleidete Menschen herum, bereiten nackt ihre Mahlzeiten zu und sitzen am Ende ebenso zusammen am Tisch. Das erscheint mir direkt abartig.

Am See liegen einige Leute in der Sonne, Kinder rennen hin und her, doch trotz der großen Hitze ist niemand im Wasser. Das wundert mich.

„Im Frühjahr können wir im See baden. Dann laufen wir morgens gleich nackt ins Wasser."

„Ist das Wasser im Frühjahr nicht zu kalt?", frage ich.

„Schon. Doch jetzt im Juli und August sind Blaualgen drin, da ist Baden verboten."

Jetzt ist mir klar, warum keiner badet.

„Blaualgen sind gefährlich. Wenn Hunde oder Enten das Wasser trinken, können sie sterben."

„Und wo kommen diese Algen her?"

„Die gibt es in jedem Gewässer, wenn es wärmer wird. Waschmittelrückstände sind mit verantwortlich."

„Waschmittel?"

„Am anderen Seeufer stehen Wohnwagen. Da weiß man nie, ob die Leute sich ans Waschverbot halten."

Das Paradies am Waldsee, wo man nicht ins Wasser kann, scheint mir wie ein Treppenwitz. Doch irgendwie finde ich die Stelle zum Lachen nicht.

„Was macht ihr bei dieser fürchterlichen Hitze hier draußen?"

„Ach, an der frischen Luft ist es immer angenehm. Außerdem haben wir die Dusche, du weißt schon."

Ich nicke.

Dann gehen wir den gleichen Weg über die Wiese durch die pralle Sonne zurück zur Laube, die ich in dem Gewirr zwischen den unzähligen Häuschen ohne Ullis Begleitung auf keinen Fall wiedergefunden hätte.

Gunter stochert mit einem Haken in der Grillwanne.

„Wird schon! Gleich brennt´s!", verkündet er.

Er schüttet eine Flüssigkeit aus einer Flasche über den Kohlehaufen und hält ein überdimensionales Streichholz dran. Es qualmt. Und zwar genau in die Richtung, in der die Bank steht, auf der ich mich gerade niederlassen wollte.

„Geil, was?" Gunter freut sich sichtlich. „Der Schornstein geht nach unten."

Nach unten? So ein Blödsinn! Wie soll das funktionieren? Doch ich sage nichts und ärgere mich, weil sich offenbar außer mir niemand über den Qualm ärgert. Ich setze mich nicht wieder auf die Bank, sondern schaue in die Laube, wo ich Ulli hantieren höre.

„Kann ich was helfen?"

„Ja. Du kannst den Tisch decken."

Mit einem großen Salatlöffel, den Ulli in der Hand hält, weist sie auf ein Regal über dem Schrank. Dann drückt sie sich gegen das Waschbecken, damit ich neben sie treten und die Teller greifen kann. Porzellan hatte ich zwar nicht erwartet, doch wenigstens Steingut. Leider finde ich nur Plastikgeschirr wie für Kinder.

„Wo hast du deine Teller?"

Ulli klopft mit dem Löffel auf einen Stapel Pappteller. „Sind praktischer."

Möglich. Nur alles andere als appetitlich und schon gar nicht für Gäste geeignet.

„Gib mal das Fleisch raus!", ruft Gunter.

Ich trete zurück und etwas seitwärts in die offene Klotür, damit sich Ulli zum Kühlschrank bücken und eine große schwere Tüte herausholen kann. Die wird doch nicht voller Fleisch sein? Gunter packt acht Bratwürste und ebenso viele Steaks aus.

„Wie viele Leute sind wir denn? Ich habe nur vier Teller auf den Tisch gestellt."

Gunter schaut mich entgeistert an. „Na, vier. Für jeden zwei Würste und zwei Steaks. Ist doch klar!"

Für mich reicht eine Bratwurst. Auf das Fleisch habe ich ohnehin keinen Appetit, denn die Marinade leuchtete bei einigen so unnatürlich grün und bei anderen leuchtend rot. Außerdem gibt es noch Salate und Brot.

Jedenfalls bin ich froh, dass sich nicht noch mehr Leute an den Tisch drängen. Er bietet zwar Platz für sechs Personen, doch er steht mit einer Stirnseite direkt am Zaun. Wenn sich drei Leute auf die Bank quetschen, kann sich keiner mehr rühren, geschweige mit Besteck essen.

Besteck. Hoffentlich haben sie ordentliche Messer und kein Partybesteck, das nicht einmal eine Bratwurst zu schneiden vermag. Sie haben.

Die Rauchwolke ist stärker geworden.

„Vielleicht ist es zu heiß und außerdem windstill", vermutet Frank.

Es ist gerade mal 17 Uhr. Wollen wir so früh zu Abend essen? Doch eigentlich bin ich froh darüber, denn umso schneller kommen wir wieder weg von hier.

Gunter will mir Wein nachschenken. Mir

schmeckt er nicht, er ist einfach zu warm. Ich lehne ab und sage, dass ich heimwärts fahren werde. So kann Frank noch ein Bier trinken, wenn er mag.

„Die ersten Steaks sind fertig!", ruft Gunter.
Er kann nur zwei Steaks und zwei Würstchen gleichzeitig auf den recht kleinen Rost legen. Doch das macht nichts. Mir schmeckt die Wurst gut und Frank lobt das zarte Fleisch. Auch der Kartoffelsalat mit vielen Tomaten, Gurken und Paprika ist Ulli hervorragend gelungen. Nach dem Essen trägt sie eine große Schüssel Beeren in einer Art Sahnecreme auf.
„Selbst gepflückt", erklärt Ulli stolz. „Himbeeren und Brombeeren."
Ich bin vom Nachtisch absolut begeistert.
Gunter schenkt Schnaps ein. Ich trinke nicht mit, sondern bitte um ein Glas Wasser, das mir in einem Pappbecher serviert wird.
Nach dem Grillen legt Gunter Holzscheite auf das Feuer. Es stinkt und qualmt entsetzlich, weit schlimmer noch als vorher die Grillkohle.
„Paletten!" Gunter strahlt. „Mein Kumpel besorgt die."
„Aber sie stinken!", schimpfe ich.
„Sandra hat recht."
Dankbar schaue ich meinen Mann an, der noch hinzufügt: „Außerdem ist es warm genug."

Nun lachen alle und Gunter beendet seine Gokelei.

Er kann witzig erzählen von vielen verschiedenen Urlaubsreisen. Sie fahren nicht wie unsere Nachbarn ans Meer, um sich zu sonnen und auch nicht wie wir ins Gebirge, um zu wandern. Sie besichtigen Museen und Schlösser und interessieren sich für das jeweilige Land und seine Kultur. Ich bin beeindruckt und muss zugeben, dass ich ihnen das nicht zugetraut hätte.

„Eigentlich brauchten wir keinen Urlaub, weil wir hier das Paradies am Waldsee vor der Nase haben", sagt Gunter zufrieden.

Da ist es wieder, das kleine Paradies.

Ulla ergänzt: „Wir lieben die Natur."

„Nun, der See hinter dem Zaun ist sicher schön", setze ich an. Frank tritt mir gegen das Schienbein und wirft mir warnende Blicke zu. Er kennt meine Meinung über Gartenkolonien und ihre Laubenpieper. Doch solch eine winzige zugepflasterte Parzelle hat für mich nichts mit Natur zu tun, auch nicht, wenn ein See in der Nähe ist, in dem man zu allem Übel nicht einmal baden kann.

Gegen 20 Uhr kann ich Frank endlich davon überzeugen, dass wir uns auf den Heimweg machen. Ich freue mich während der ganzen Fahrt auf meinen bequemen weichen Sessel und meinen wohltemperierten Wein.

Benno in Tirol

aus: „Mein Hund Benno"

Tirol. Am ersten Morgen gehe ich sofort raus auf den Balkon. Ich will wissen, ob wir außer dem nahen Hang auch die Berge sehen können. Vielleicht sogar den Wilden Kaiser. Aber was sehe ich? Ich traue meinen Augen nicht, denn draußen ist alles weiß. Mindestens zehn Zentimeter Neuschnee. Und das Mitte September!
Vier Kinder springen zwischen den Liege-stühlen herum und bauen einen Schneemann und eine Schneefrau. Ich hole schnell meinen Fotoapparat. Das glaubt mir sonst in Chemnitz keiner.

Heute können wir allerdings nicht wandern, denn die Wege sind verschneit. Auf einen Berg zu gehen ist vollkommen unmöglich. Also bleiben wir im Dorf und schauen uns um.
Wir finden im Ort einen urigen Gasthof für ein zünftiges Mittagessen. Plötzlich hören wir laute Stimmen: „Raus hier!" Der Kellner kommt zu uns und hat unseren Hund Benno an der Leine.
„Dieser Schlawiner gehört zu euch, stimmt´s? Er ist in die Küche gerannt. Dort riecht es so

lecker." Der Bursche lacht. „Zur Belohnung bekommt euer Frechdachs frische Milch." Damit stellt er eine Schale neben den Tisch. „Das erhalten hier alle vierbeinigen Gäste", erklärt er. „Ist direkt von unserem Hof."
Mir ist das schrecklich peinlich. Werner schaut mich böse an, weil ich wieder einmal die Leine nicht festgehalten hatte. Zur Sicherheit wickle ich sie mir gleich um den Bauch.

Wir bummeln über verschneite Wiesen zum Hotel zurück, Benno wälzt sich glücklich im Schnee. Plötzlich zischt es. Dann Stille. Wieder lautes Zischen, das wir uns nicht erklären können. Beim nächsten Zischen duckt sich Benno ängstlich und schaut nach oben. Dort sehen wir einen großen Ballon in die Luft steigen, keine hundert Meter von uns entfernt. Und noch einer.
Am nächsten Tag zählen wir 14 Ballons am Himmel und erfahren, dass zur Zeit der Libro Ballon Cup stattfindet – eine Art Meisterschaft. Für uns ist das wunderschön anzusehen, Benno dagegen ist überhaupt nicht begeistert. Ihm ist das ganz unheimlich.
Er springt hoch und bellt. Dabei sind wir inzwischen im Wald und es ist kein Ballon zu hören oder zu sehen. Bennos Fell sträubt sich. Wir schauen in die gleiche Richtung wie Benno

und entdecken einen kapitalen Hirsch mit einem stattlichen Geweih. Ich halte vor Schreck die Luft an. Das riesige Tier bewegt sich nicht. Langsam angle ich nach meinem Fotoapparat.

„Der ist aus Holz!", ruft Werner und lacht. Ich kann ausatmen und mitlachen. Wir entdecken noch mehr geschnitzte Tiere: Gämsen, Wildschweine, einen Auerhahn und vieles mehr, alles in lebensechter Größe. Ich lasse Benno vor jedem Holztier absitzen und mache viele Fotos. Das wird ein Spaß, wenn ich diese Aufnahmen daheim meinen Freunden zeige und sie glauben, alle Tiere wären lebendig.

Am nächsten Tag saust Benno einen Steilhang hinauf. Weit kann er nicht kommen, denn ich habe extra für ihn eine zwanzig Meter lange Schleppleine gekauft. Das Leinenende hat keine Schlaufe, damit es sich nicht im Gestrüpp verfangen kann. Genau deshalb kann ich die Leine nicht festhalten, sie flutscht mir aus der Hand. Ich versuche eilig, auf das Ende zu treten, doch der Hund ist schneller und im Nu im Hochwald verschwunden. Meine Hand-flächen brennen, so schnell rutschte die Leine durch meine Finger.

„Kannst du nicht aufpassen?", schimpft Werner. Er weiß, dass wir jetzt hier stehenbleiben und warten müssen. Benno findet uns nicht einmal im heimischen Wald wieder. Hier in der Fremde wäre das aussichtslos. Wir warten also. Meist kehrt Benno nach wenigen Minuten von seinen Ausflügen zurück. Heute nicht.

„Wie lange soll das noch dauern?", nörgelt Werner.

„Da vorn ist eine Bank. Wir setzen uns einfach dort hin und essen unsere Brötchen. Einverstanden?"

Werner nickt, setzt sich auf die Bank und holt die Vespertüten aus dem Rucksack. Hunger habe ich eigentlich nicht. Und schon gar keine Ruhe zum Essen. Trotzdem beiße ich ins Schinkenbrötchen. Das hätte Benno gut geschmeckt. Mir kommen die Tränen.

„Nun weine doch nicht." Werner nimmt mich in den Arm. „Keine Sorge, Benno ist gleich wieder hier."

„Und wenn sich nun die lange Schleppleine im Gestrüpp verfängt?"

Werner schüttelt den Kopf und lächelt mich an. Aber ich sehe deutlich, dass nur sein Mund lächelt, während er den Wald nicht aus den Augen lässt. Werner steht auf und geht auf den Wald zu. Der Hang ist so steil, dass wir auf gar keinen Fall hinauf klettern können.

„Benno! Benno!", rufen wir immer und immer wieder. Doch wir hören kein Bellen als Antwort.

Nach zwei Stunden geben wir auf und gehen den Weg Richtung Auto zurück. Das ist eine Strecke von mehr als einer Stunde. Kurz bevor wir den Parkplatz erreichen, kommt uns ein Mann entgegen – die erste Person, die wir heute treffen.

„Guten Tag. Haben Sie einen herrenlosen Hund gesehen?"

Der Mann bleibt stehen.

„Unser Hund ist weg. Ein schwarzer mit braunen Beinen und einem Husky-Gesicht."

Der Mann schüttelt mit dem Kopf. „Nein, gesehen habe ich keinen. Aber weiter vorn bellt einer. Das kommt von da oben aus dem Wald." Er zeigt mit dem Arm den Hang hinauf.

„Danke!", rufe ich und renne los.

Werner holt mich ein, packt meine Hand und wir laufen schneller. Weiter vorn bleiben wir stehen und rufen: „Benno! Bennie!" Dann lauschen wir. Nichts. „Benno! Hier!"

Werner hält seine Hand wie einen Trichter an sein Ohr. Dann hebt er den Zeigefinger.

„Ich glaube, ich höre ihn." Werner weist mit dem Arm den Hang hinauf. „Benno! Komm! Benno!"

Jetzt höre auch ich das Bellen. Es klingt sehr weit entfernt. Ob das unser Hund ist? Werner klettert ein Stück den Hang hinauf. Hier ist es nicht mehr so steil wie an der Stelle vorhin. Und plötzlich hören wir Zweige knacken. Wieder. Dann sehen wir Benno durch den Hochwald auf uns zu laufen. Werner schließt ihn in die Arme. Benno legt sich erschöpft auf den Weg und atmet schwer. Er ist völlig verdreckt und ohne Geschirr und ohne die lange Schleppleine. Offenbar hat sich die Leine wie von mir befürchtet im Gestrüpp verheddert und der Hund war gefangen. Mir ist völlig unklar, wie er sich aus dem Geschirr befreien konnte, denn es umspannt seinen gesamten Brustbereich und ist am Rücken fest verschlossen.

Wir setzen uns zu Benno auf die Erde und warten, bis er sich beruhigt hat. Zum Glück sind es bis zum Auto nur noch wenige Minuten Fußmarsch. Im Hotel haben wir zwar kein Ersatzgeschirr, aber zum Glück ein Halsband.

An unserem letzten Urlaubstag wandern wir weit ins Stubaital hinein. Der Weg führt immer auf halber Höhe entlang mit wunderschönen Aussichten ins Tal und auf die gegenüberliegenden Hänge. Weit hinten sehen wir die Stubaier Alpen und den Gletscher. Wir finden einen urigen Gasthof für unser Mittag.

Danach wenden wir uns Richtung Tal und sind bald an den Wiesen von Fulpmes. Unten liegt der idyllische Ort. Wobei „unten" fast tausend Meter Meereshöhe bedeuten.

Von Fulpmes aus fährt die Stubaitalbahn bis Innsbruck. Dieses Abenteuer mit der Bahn über zwei beeindruckend hohe, sicher hundert Jahre alte Viadukte wollen wir uns nicht entgehen lassen. Wir haben Glück und müssen nicht lange auf die Bahn warten. Sie sieht rot aus und wie eine ganz normale Straßenbahn. Wir steigen ein, die Tür schließt sich. Ich schaue hinaus. Dort steht geduckt Benno auf dem Bahnsteig!

„Halt!", rufe ich und drücke den Notknopf. Die Tür öffnet sich sofort und ich springe hinaus.

„Sitz!", rufe ich streng. Benno legt sich hin und zittert. Vermutlich hat er in der ihm völlig unbekannten Bahn Angst bekommen und sich in seiner Not aus dem Halsband gewunden. Ich schließe es ein Loch enger um seinen Hals.

Nun erst merke ich, dass die Bahn nicht abgefahren ist, sondern gewartet hat. Ich rucke an der Leine und gehe mit Benno wieder zurück in die Bahn. Werner hatte sich hingekauert und den Hund zu sich gelockt. Wir wählen einen Platz etwas von der Tür entfernt und lassen Benno zwischen unseren Beinen absitzen. Die Fahrt verläuft ohne weitere Vorkommnisse.

In Mutters steigen wir aus, denn hier haben wir unser Auto geparkt, das uns zurück zum Hotel nach Kirchberg bringt.

Urlaub auf Sardinien

aus: „Mein Hund Benno"

Als wir in dem kleinen Fährort Civitavecchia ankommen, suchen wir vergeblich nach einem Hotel. Keiner will einen Hund beherbergen – wir sollen ihn im Auto lassen. Das kommt für uns überhaupt nicht in Frage, ich würde gar nicht schlafen können.

Wir fahren die Uferstraße entlang und entdecken ein kleines Hotel, das direkt an einen steilen Hang gebaut ist. Das Haus sieht zwar sehr einfach, aber irgendwie gemütlich aus. Unser Zimmer ist winzig und das einzige Fenster geht nur zum Hang. Man sieht nichts außer bemoosten Steinen. Doch wir haben keine Wahl und trösten uns damit, dass wir gleich im Haus zu Abend essen können.

Der Kellner weist uns einen Platz am Rande zu. Wir wundern uns darüber, dass wir die einzigen Gäste sind. Hoffentlich bedeutet das nicht, dass das Essen nichts taugt. Die Speisekarte sieht jedenfalls recht fleckig aus und besteht aus nur vier Gerichten. Wir wählen mit Hilfe unseres Wörterbuchs zwei verschiedene Mahlzeiten aus.

Benno zerrt an der Leine. Normalerweise legt

er sich einfach unter den Tisch oder die Sitzbank und rührt sich bis zum Bezahlen der Rechnung nicht mehr. Ich beuge mich zu ihm hinunter und fauche streng: „Platz!"

Da sehe ich unter dem Tisch eine riesige Ameisenarmee. Es kribbelt und krabbelt neben- und übereinander, einige klettern schon an Werners Schuhen empor. In diesen Haufen kann sich Benno keinesfalls hineinlegen.

Werner ruft nach dem Kellner und zeigt ihm die Bescherung. Wir setzen uns an den Nachbartisch und Benno kriecht zufrieden darunter.

Ein junger Bursche stellt einen großen Krug Rotwein, eine Karaffe Wasser und zwei Gläser auf unseren Tisch. Dann bringt er einen tiefen Teller mit einem Riesenberg Spaghetti, eine Schüssel Käse und eine Reibe.

Werner winkt ab. „No. Nix bestellt."

Der Bursche lacht und geht wieder. Ob diese Riesenportion als Vorspeise gedacht ist? So viel Spaghetti esse ich daheim nicht einmal als komplette Mittagsmahlzeit. Zu den Nudeln gibt es weder Gemüse noch Fisch oder Fleisch. Aber sie schmecken so vorzüglich, dass wir alles aufessen und nun pappesatt sind. Ich blättere in meinem kleinen Italienisch-Wörterbuch und finde sazio für satt und pagare für zahlen.

„Cameriere! Pagare il ponto per favore."

Der Kellner kommt. Doch er bringt uns nicht die gewünschte Rechnung, sondern das opulente Hauptgericht. Es sieht absolut köstlich aus und duftet ausgesprochen appetitlich. Benno kommt unter dem Tisch hervor und setzt sich neben meinen Stuhl. Ich sehe, wie ihm das Wasser aus dem Maul tropft.

„Also dann … lass es dir schmecken! Wir haben Urlaub."

Werner lacht und fängt an zu essen. Auch ich kann mich nicht mehr zurückhalten. Da ich wirklich schon satt bin, bekommt Benno mehr von meinem Teller ab als üblich.

Nach fast zwei Stunden sind wir mit dem Essen fertig. Auf einmal füllt sich das Lokal bis zum letzten Platz mit unzähligen laut schwatzenden Leuten, Kindern und sogar Babys. Diese vielen Menschen reden nicht nur alle gleichzeitig miteinander, sondern obendrein in ihre Handys. So etwas hatte ich vorher noch nie erlebt.

Wir sind froh, schon so früh gegessen zu haben, gehen noch eine kleine Runde mit Benno am Meer entlang und dann sofort ins Bett. Von der langen Fahrt, dem üppigen Essen und dem Rotwein sind wir so geschafft, dass wir sofort einschlafen.

Plötzlich donnert es ohrenbetäubend, als würde

ein Flugzeug direkt ins Zimmer rollen. Das Haus wackelt bedenklich. Werner springt aus dem Bett und macht Licht. Jetzt erst merken wir, dass der Hang am Hotel ein Bahndamm ist, über den die Züge rattern. Werner schließt das Fenster. Leiser wird es dadurch allerdings nicht. Zu allem Unglück bricht noch ein wahrer Wolkenbruch über uns herein. Das Wasser stürzt in Bächen den Hang hinab und schlägt gegen das Fenster. Mir ist unheimlich zumute und ich ziehe mich lieber an. Womöglich müssen wir mitten in der Nacht eilig flüchten, da möchte ich lieber vorbereitet sein. Irgendwann schlafen wir trotz allem erschöpft wieder ein.

Am nächsten Morgen wachen wir wie gerädert auf. Die Sonne scheint und wir fahren sofort zum Hafen, wo wir auch frühstücken können.
Wir erinnern uns an unseren ersten Urlaub auf Sardinien mit unseren Kindern vor ungefähr zwanzig Jahren. Wir lebten damals in München und hatten am Abend ein ladenneues Fahrzeug im Autohaus abgeholt, es mit unseren Urlaubs-koffern beladen und starteten frohgemut Richtung Süden. Damals machten wir noch keine Pausen, sondern fuhren durch bis Genua. Wir erreichten unsere Fähre direkt in dem Moment, in dem die Leinen gelöst werden

sollten. Man ließ uns schnell aufs Schiff und stellte fest, dass wir einen Tag zu spät dran waren. Das bedeutete, unsere Buchung war ungültig, denn sie galt für die Fähre am Vortag. Nach einigem Hin und Her durften wir auf dem Boot bleiben, mussten aber für das Auto und uns vier Personen ein neues Ticket kaufen. Damit war unsere Urlaubskasse gleich am ersten Tag deutlich geschrumpft.

Heute haben wir die richtigen Fahrkarten. Ich hatte sie daheim sicherheitshalber mindestens hundertmal kontrolliert. Die Fähre ist fast leer. Wir finden schöne Plätze am Fenster.
Die Stewardess kommt und erklärt uns mit Händen und Füßen und einem Kauderwelsch aus Italienisch und Englisch, dass wir dort nur sitzen dürfen, wenn wir dem Hund einen Maulkorb umbinden. Doch wir haben keinen Maulkorb. Ich versuche, die Frau milde zu stimmen. Wir stören hier auf diesem Platz niemanden, zumal rings um uns keine Leute sitzen. Aber sie bleibt unerbittlich und weist uns einen Raum in der Mitte des Schiffes zu.
Dort ist ein Kiosk, wo man Kaffee und Kekse und Zeitschriften kaufen kann. Außerdem der Zugang zu den Toiletten. Ein Fenster gibt es allerdings nicht, dafür viel Unruhe durch Reisende, die etwas kaufen wollen oder zur

Toilette müssen. Kein angenehmer Platz für vier lange Stunden Schaukelei.

Mir kommt es so vor, als ob das Schiff jetzt mehr schlingert und schaukelt. Sicher ist es inzwischen auf dem offenen Meer. Sehen können wir das leider nicht.

Um uns wird es immer lebhafter. Es drängen sich immer mehr Leute in diesen kleinen Zwischenraum. Sitzplätze gibt es schon lange nicht mehr, auch sämtliche Haltestangen sind von großen und kleinen Händen umklammert. Zu allem Übel kommen ständig Leute gerannt, die das Schlingern nicht vertragen, seekrank werden und sich übergeben müssen. Einige schaffen den Weg bis zur Toilette nicht mehr, aus dessen Türen es ohnehin schon scharf und unangenehm riecht.

Benno liegt die ganze Fahrt über zitternd unter unserer Sitzbank. Heute bin ich direkt froh, dass die meisten Leute sich vor unserem großen Hund fürchten und etwas Abstand halten. Ich hätte gern die unfreundliche Stewardess in dieser Situation gesehen, doch sie lässt sich nicht blicken. Auch keine Reinigungskräfte, die den übel riechenden Auswurf wegputzen.

Plötzlich wird es noch lebhafter um uns und lauter. Viele Leute laufen hin und her und plappern in ihre Handys. Die waren mir gar nicht mehr aufgefallen.

„Sicher ist Land in der Nähe und bis jetzt gab es keinen Empfang." erklärt Werner.

Tatsächlich legen wir wenige Minuten später in Olbia an.

Die Strecke bis zum Feriendorf Arbatax haben wir uns vom ADAC ausdrucken lassen. Die Fahrt beginnt sehr angenehm durch hügelige Wälder mit wunderschönen Ausblicken auf Seen und grüne Berge. Auf einer großen Wiese rasten wir, lassen Benno rennen, in einen Bach springen und gehen eine halbe Stunde gemütlich spazieren.

Auf einmal führt die enge Straße steil hinauf in die Berge auf mehr als 1.000 Meter Seehöhe. Ich mag die Berge sehr, aber hier kommen sie mir gefährlich vor. Die Straßen sind sehr eng und extrem kurvig. Zum Glück hört man den Gegenverkehr schon von weitem, denn die Autos hupen vor jeder Kurve. Auch Werner passt sich an und hupt sich vorwärts. Normalerweise lösen wir uns beim Fahren ab, aber diese Strecke ist mir zu gefährlich und ich überlasse allein Werner das Steuer.

Plötzlich stehen wir vor einer Bake – die Straße ist gesperrt. Wir sind bereits über vier Pässe geklettert und haben während der letzten drei Stunden fast hundert Kilometer dieser nervigen und kräftezehrenden Strecke hinter uns und keine Lust zum Umkehren. Außerdem ist ein Wenden völlig unmöglich, weil Geröll auf der linken Straßenseite liegt und sich rechts eine Mauer befindet. Unschlüssig stehen wir auf einem fremden Berg und wissen nicht, was wir jetzt machen können.

Nach etwa zehn Minuten kommt uns ein Auto entgegen, kurz darauf noch eins. Wir winken den Fahrern zu, zeigen in unsere Fahrtrichtung und zucken mit der Schulter.

„Via libera!", ruft der Mann. Ich krame mein Wörterbuch aus der Handtasche und übersetze *freie Fahrt.* Wir sind erleichtert und hoffen, dass wir tatsächlich durchkommen. Vorsichtig manövriert Werner das Auto an der Bake und dem Geröllhaufen vorbei. Ich falte sicherheitshalber meine Hände und schicke ein Stoßgebet zum Himmel, damit wir heil ins Tal kommen.

Endlich sehen wir die berühmten roten Felsen von Arbatax und stehen kurz darauf vor der Anlage. VOR der Anlage. Hinein können wir nicht. Das große Eingangstor ist fest verschlossen, weit und breit keine Menschenseele zu sehen. Wir klopfen gegen das Tor und drücken die Klingel. Aber es rührt sich nichts.

Werner setzt sich wieder ins Auto und fährt in

den Ort, während ich mit Benno in der Nähe der Anlage herumlaufe. Fast eine Stunde lang gehe ich immer zwischen dem Eingangstor und dem Strand hin und her. Dann erst kehrt Werner zurück. Wenige Minuten später kommt ein Mädchen auf einem Moped, sperrt auf und übergibt uns die Schlüssel zu unserem Ferienhaus.

Das wunderschöne Haus entschädigt uns sofort für sämtliche Anreiseabenteuer. Es ist herrlich geräumig: eine große Küche mit einem Esstisch und vier Stühlen, eine gemütliche Stube mit Sofa, Sesseln und einem Fernsehgerät, ein Bad mit Dusche, eine Schlafstube und eine riesige Terrasse mit Tisch, Stühlen und Liegestühlen.

Außer uns gibt es keine weiteren Feriengäste, die Anlage ist komplett leer. Es ist Mai und noch keine Saison. Auch die Strände sind leer. Werner ist enttäuscht, dass das Wasser im Meer so kalt und der große Pool in der Anlage noch nicht in Betrieb ist.

Am nächsten Tag geht er trotzdem ins Meer und schwimmt einige Minuten. Ein Strandurlaub ohne Baden ist für ihn undenkbar. Wir fahren jeden Tag an einen anderen Strand. Einige haben herrlichen Sand, andere bestehen aus Felssteinen. Zu Mittag essen wir in netten kleinen Lokalen. Für das Abendessen kaufen wir täglich fangfrischen Fisch, den wir einfach in einer Pfanne in Öl braten. Manchmal sind es seltsame große oder kleine Exemplare, die ich nie vorher im Leben gesehen und sicher auch nie gegessen hätte. Dazu essen wir Weißbrot und Salat. Außerdem kaufen wir einen Maulkorb, denn wir wollen auf der Fähre während der Rückfahrt keinesfalls wieder vor den Toiletten sitzen.

Urlaub mit Hund ist ganz anders als ein Urlaub ohne Hund. Wir wandern tagsüber, baden in Waldteichen und Seen, tragen praktische Kleidung und derbe feste Schuhe und sitzen abends wie daheim vor dem Fernseher.

Wir haben keine Lust auf lange Autofahrten, Museen oder sonstige Sehenswürdigkeiten, Badeanstalten, Bars und schicke Kleidung.

Für die Fahrt zurück zur Anlegestelle brauchen wir kaum die Hälfte der Zeit, denn es gibt eine breite, gut ausgebaute Schnellstraße nach Olbia, von der der ADAC offenbar nichts weiß.

Auf der Fähre interessiert es niemanden, dass wir einen Maulkorb in der Tasche haben. Benno darf unbehelligt neben uns an einem wunderschönen Fensterplatz sitzen.

Die Autobahn Richtung Norden ist nicht voll.

Wir kommen schnell voran und übernachten in Oberitalien in einem internationalen Autobahn-hotel. Leider bekommen wir kein Abendessen mehr und müssen uns mit einer Lammsalami begnügen, die wir eigentlich für unseren Sohn als Urlaubsmitbringsel gekauft hatten. Benno hat mehr Glück, denn für ihn haben wir immer ausreichend Futter dabei. Wir sind von der langen Fahrt sehr müde und fallen gleich ins Bett. An Schlafen ist leider nicht zu denken, denn über oder neben uns kommt ein Liebespaar nicht zur Ruhe.

Am nächsten Morgen wollen wir unser vorab bezahltes Frühstück genießen, doch die Lokaltür ist geschlossen und es warten bereits mehrere Leute. Erst nach fast einer halben Stunde wird die Tür von innen aufgesperrt. Auf einem kleinen Tisch stehen drei Schüsseln: eine mit kleinen abgepackten Butterstückchen, eine mit Marmeladen- und eine mit Honig-näpfchen. Keine Wurst, kein Schinken, kein Käse und auch kein Ei. Aus einem Korb kann man einzeln abgepackte Knäckebrot- und Pumpernickelscheiben entnehmen. Zu allem Übel funktioniert die Kaffeemaschine nicht. Einige der Gäste bedienen sich an diesem sehr kargen Angebot, ein Mann geht in die Küche und ich höre ihn laut in englischer Sprache diskutieren. Schließlich kommt er mit einem Serviermädchen zurück, das die Kaffeemaschine in Gang bringt. Ich frage nach dem Frühstück – sie zeigt auf das Buffet und bedeutet mir, dass das alles ist. Normalerweise wäre ich sofort gegangen. Aber so ganz ohne Frühstück wollen wir uns nicht auf die weite Heimfahrt begeben.

Erst in Österreich finden wir ein sehr nettes Lokal mit freundlicher Bedienung, die uns Rührei mit Schinken und Speck, Käse von einer nahen Alm und Brötchen mit selbstgemachter Marmelade bringt.

„In Österreich ist es doch am allerschönsten", stelle ich zufrieden fest.

Werner nickt.

„Außerdem habe ich gar keine Lust mehr auf so furchtbar lange Autofahrten und Übernachtungen unterwegs."

„Mir geht es ebenso nach dieser letzten Nacht im Hotel."

Deshalb beschließen wir, künftig unsere Urlaub nur noch in Deutschland oder Österreich zu verbringen.

Ein ganz anderer Urlaub

Endlich Urlaub! Wir wollen wie in jedem Spätsommer in die Alpen zum Bergwandern. Und zwar in unsere Lieblingsecke im Salzkammergut, wo es uns seit fast 30 Jahren immer wieder hinzieht. Dort gibt es hohe Berge, weite sonnige Täler und viele glasklare Seen mit Trinkwasserqualität. Die Menschen lieben und tragen ihre Trachten auch im Alltag, nichts wirkt aufgesetzt oder für Touristen gemacht.
Wir haben wie immer außerhalb der Schulferien eine Ferienwohnung in einem typischen Grundlsee-Haus gebucht. Diese Häuser haben keine Balkone, sondern holzgeschnitzte Anbauten, die etwas wunderbar heimeliges ausstrahlen. Wir hoffen, dass die Wohnung so schön ist wie die Fotos im Internet.

Übermorgen, am Sonntag, ist es endlich soweit. Unser Hund kommt selbstverständlich mit in den Urlaub. Er liebt die langen Wanderungen in den Alpen ebenso sehr wie wir. Aber noch müssen wir uns zwei Tage gedulden.
Obwohl bereits Mitte September ist, ist es hochsommerlich heiß, viel zu heiß für eine

große Runde durch den Chemnitzer Zeisigwald. Mein Hund hat keine Lust, zum Waldsee zu laufen, er zieht mich zum schattigen Friedhof nebenan. Dort legt er sich neben eine Bank. Das arme Tier kann seinen Pelz nicht ausziehen, während ich luftig mit kurzen Hosen und einem ärmellosen Shirt bekleidet bin.

„Komm, Pascha, wir gehen wieder nach Hause", bestimme ich. Schwerfällig erhebt sich der Hund. „Nana, so schlimm ist es nun auch wieder nicht. Komm schon!"

Irgendwie läuft der Hund seltsam steif und es sieht aus, als hätte er plötzlich einen Buckel. Ich kauere mich neben ihn und will ihn streicheln, aber er zuckt zurück.

„Ihr seid aber schnell wieder da", empfängt mich mein Mann.

Ich nicke. „Irgendetwas stimmt mit dem Hund nicht, vielleicht hat er Schmerzen. Ich fahre sicherheitshalber mit ihm zum Tierarzt."

„Das hat uns gerade noch gefehlt, zwei Tage vor dem Urlaub", antwortet mein Mann.

Normalerweise springt Pascha locker mit einem Satz ins Auto. Heute hängt er mit den Vorderpfoten oben auf der Liegefläche und versucht, sich mit einem Bein nach oben zu strampeln. Es gelingt ihm nicht. Schnell fasse ich zu und hebe ihn hinein. Nun bin ich wirklich besorgt.

Der Tierarzt empfängt mich an der Tür. „Ich habe schon gesehen, dass dein Hund einen Buckel macht. Kannst du ihn vorsichtig auf den Tisch heben?"

Er untersucht Pascha gründlich und drückt mit beiden Händen seitlich in die Taille, Pascha schreit auf. „Das könnten die Nieren sein, doch ich tippe eher auf Hexenschuss."

„Auch das noch!", stöhne ich. „Wir wollen übermorgen in die Alpen."

„Oje, lange Wanderungen könnt ihr vergessen. Damit tut ihr dem Hund keinen Gefallen."

Mir ist es sehr wichtig, dass sich mein Hund wohl fühlt. Trotzdem denke ich wehmütig an die schönen langen Touren, die ich für den Urlaub bereits geplant hatte. Darunter gibt es Strecken, die sich über einen ganzen Tag hinziehen und die wir in jedem Jahr mit großer Begeisterung immer wieder gehen.

„Mit dem Auto zum Gasthof, lange Pause machen, kurz über eine Wiese laufen und dann zurück. Mehr wird nicht drin sein", mahnt der Arzt.

Betrübt lasse ich die Schultern hängen.

„Ich gebe ihm jetzt eine Spritze. Ab morgen gibst du ihm zweimal täglich zwei Prednisolon und zwei Vitamin B-Komplex. Von dem

Medikament bekommt er viel Durst und muss viel pullern. Nach der Spritze sollte es ihm schon besser gehen. Dann darfst du so langsam die Dosis reduzieren auf jeweils eineinhalb Tabletten, später eine usw. Außerdem wäre es gut, wenn er abnimmt. Er hat mit 23 Kilo kein Übergewicht, aber jedes Gramm belastet den Körper zusätzlich."

„Auch das noch", denke ich, denn Pascha frisst für sein Leben gern. Und heute ist Grillabend mit den Nachbarn.

Es gibt Forelle. Pascha bekommt wie immer die Köpfe und sonst nichts. Die Nachbarn dürfen ihm dieses Mal keine Bratwurst- und Steak-happen zuwerfen.

Sonntag. Neun Uhr trägt mein Mann den Koffer, die Hundekisten und Decken ins Auto. Pascha schafft es wieder nicht, ins Auto zu springen. Mir tut es richtig weh, ihn so hilflos zappeln zu sehen und mir ist klar, dass er wohl starke Schmerzen hat.

Die Autobahn ist wie erhofft vollkommen frei. Wir kommen gut voran. Nach zwei Stunden machen wir die erste Pause. Pascha stellt sich an den Rand und pullert gefühlte zehn Minuten am Stück, dann säuft er einen ganzen Napf Wasser leer, geht nur wenige Schritte hin und her und will zurück ins Auto. Dort legt er sich sofort auf sein Kissen. Normalerweise steht er während der Fahrt und schaut zwischen unseren Köpfen nach vorn auf die Fahrbahn, um nichts zu verpassen. Heute will er nur seine Ruhe.

Nach der zweiten Rast erreichen wir Österreich. Die Strecke führt durch sehr viele und teilweise sehr lange Tunnel von bis zu fünf Kilometer. Das ist Pascha unheimlich. Doch heute hebt er nur den Kopf und schaut mich an, wenn der Tunnel durchfahren ist. Dann gebe ich ihm ein kleines Belohnungs-Leckerli. Schaden kann das kaum, denn heute hat er immerhin kein Mittagsfutter.

Ich füttere unseren Hund gewöhnlich drei Mal am Tag, weil er so gierig schlingt. Auf diese Weise kann ich seine tägliche Ration wunderbar in drei kleine Portionen aufteilen und verhindere die gefürchtete Magendrehung.

15 Uhr kommen wir im Ferienhaus an. Es liegt auf etwa 900 Meter über dem Meer und bietet einen traumhaften Blick auf das gewaltige Grimming-Massiv. Vom Fenster aus schauen wir auf den Kumitz-Hügel mit der Pilgerkirche. Wir packen unseren Koffer aus und laufen danach gemütlich den Hang hinter dem Haus hinauf.

Mitten auf dem Weg steht drohend ganz allein

ein riesengroßer Husky. Erschrocken bleibe ich stehen, auch meinem Hund ist diese Begrüßung nicht geheuer.

„Wir werden jetzt nicht umkehren!", bestimmt mein Mann.

Der große Hund beschnüffelt ausgiebig meinen kleineren, dann beschließt er, uns zu begleiten. Nach einigen Minuten wird das meinem Mann zu bunt und er scheucht das fremde Tier davon. Erleichtert gehen wir weiter und stehen plötzlich mitten zwischen unzähligen Kühen, die beängstigend näher trotten. Sie waren wohl im Wald versteckt, wo wie aus dem Nichts immer mehr Kühe auftauchen. Wir gehen eilig weiter, obwohl der Weg inzwischen recht steil ist. Pascha bleibt brav neben mir und gibt keinen Ton von sich. Plötzlich endet der Pfad in einer schlammigen Kuhle. Zurück können wir nicht mehr, denn es ist ungewiss, ob uns die Kühe mit dem Hund noch einmal durchlassen.

In der Ferne sehen wir ein Haus und klettern darauf zu. Es ist ein Bauernhof und direkt daneben ein Gasthof. Erschöpft und zugleich erleichtert suchen wir uns draußen im Biergarten einen schönen Platz. Unser Hund legt sich zufrieden unter den Tisch. Offenbar hat die Spritze wirklich sofort angeschlagen, denn er hat den steilen Anstieg problemlos mitgemacht.

Mitten in der Nacht wird mein Mann wach, weil der Hund leise winselt. Er lässt ihn rasch vors Haus, wo er wieder extrem lange pullert.

Am nächsten Tag wollen wir es ruhig angehen. Wir müssen uns aklimatisieren und außerdem den Hund schonen. Also fahren wir zum nahen Ödensee, den man in einer knappen Stunde umlaufen kann. Das wird der Hund sicher bewältigen können. Außerdem gibt es überall wunderbare Einstiegstellen ins Wasser. Nicht nur Pascha, sogar mein Mann wagt sich in den 20 Grad kalten Bergsee. Es ist ein sehr schöner gemütlicher Vormittag, den wir in der Kohlröserlhütte mit einem zünftigen Mittag abschließen wollen.
Aber was ist das? Rings um den Gasthof sind Zäune aufgestellt und ein Schild, dass das Haus bis zum nächsten Frühjahr ausgebaut wird und deshalb geschlossen ist. Jammern und klagen nützt nichts, wir müssen zurück zum Auto und uns ein Lokal im Ort suchen. Im Dorf sehen wir Kinder in ihren Trachten aus der Schule kommen, das ist hier Brauch am ersten Schultag nach den Ferien. Wir essen ein steirisches Kürbiskern-Schnitzel zum Mittag und fahren zurück zum Ferienhaus. Zu unserer Freude macht der Hund einen ganz normalen Eindruck. Wegen der extremen Hitze von 30

Grad gehen wir am späten Nachmittag nur eine kleine schattige Waldrunde und setzen uns anschließend in den wunderschön gepflegten Gastgarten. Ich lese in meinem Buch, während der Hund unter dem Tisch vor sich hin döst und mein Mann die Wanderkarte studiert.

Am Abend will ich meinen Freunden auf Facebook eine Nachricht schicken und vom Urlaub prahlen. Aber es gibt keine Internet-Verbindung. Das ärgert mich sehr, denn wir haben extra ein Haus mit Internet-Anschluss gewählt. Das melden wir sofort den Vermietern, die unten im Erdgeschoss wohnen. Sie wundern sich, denn sie empfangen ganz normal Internet und versprechen uns, sich darum zu kümmern.

In der Nacht wird mein Mann wiederholt wach, weil der Hund ständig hin und her läuft. Er lässt Pasche gleich im Nachtanzug vor die Tür, wo er wieder ausgesprochen lange pullert.

Am nächsten Tag umlaufen wir den Altausseeer See. Wir machen viele Pausen, in denen Pascha im See schwimmt. Schwimmen belastet die Muskeln nicht und ist bei der ungewöhnlichen Hitze von fast 30 Grad eine angenehme Abkühlung. Zum Mittag genießen wir auf etwa der halben Strecke in einem alten Jagdhaus eine Steirer Platte für zwei Personen, das heißt Speck, Fett, Schinken und Käse aus der Region, dazu das typische gewürzte Brot.

Am Nachmittag fahren wir dem Hund zuliebe wieder nur an den Ödensee. Pascha geht kurz ins Wasser, trinkt lange und will dann sofort zum Auto zurück, obwohl wir noch keine zehn Minuten gelaufen sind.

Ich verstehe das nicht. Haben wir Pascha zu schnell zu viel zugemutet? Vielleicht liegt es am Prednisolon, das möglicherweise den Hunde-körper schwächt.

Also setzen wir uns wieder faul und gemütlich in den Garten, wo Pascha zufrieden unter meiner Bank im Schatten liegt.

Mein Mann schaut nach dem Abendessen Fußball. Und da die Internet-Verbindung nach wie vor nicht klappt, lese ich in dem Buch, das ich mir mitgenommen hatte. Zu allem Übel gefällt mir die Geschichte überhaupt nicht.

Drei Uhr in der Nacht muss der Hund wieder raus, mein Mann lässt ihn vor die Tür. Ich habe nichts davon gemerkt, sondern fest geschlafen. Daheim finde ich in der Nacht kaum Ruhe und liege lange wach. Hier im Urlaub schlafe ich sofort ein und tief und fest bis zum nächsten Morgen. Erst acht Uhr werde ich wach.

Wir fahren an den Grundlsee. Pascha kennt die Wege von früheren Urlauben und marschiert munter los. Wir wählen den Höhenweg mit grandiosen Ausblicken über den wunderschönen See und die Berge ringsum. Doch schon nach wenigen Minuten will der Hund an einer Bank Rast machen. Er legt sich ins Gras und bewegt sich keinen Schritt weiter. Dann zerrt mich Pascha energisch vom Höhenweg hinunter Richtung See. Er springt ins Wasser und will anschließend zurück zum Auto.

So habe ich mir den Urlaub nicht vorgestellt. Ich komme mir vor wie ein Strandurlauber, der nur ein paar Schritte vom Hotel bis ans Meer geht und dort bis zum Mittag oder gar Abendessen liegen bleibt.

Wir laufen dem kranken Hund zuliebe nicht wie geplant am See entlang, sondern fahren die etwa fünf Kilometer mit dem Auto bis Gössl. Dort wählen wir einen kurzen schattigen Waldweg an der Traun entlang bis zum Gasthof. Der Hund liegt zufrieden unter dem Tisch und wartet geduldig auf den letzten Bissen vom Schweinebraten, den wir ihm gern überlassen. Rückzu parken wir am See, damit mein Mann und der Hund baden können. Ich gehe nicht ins Wasser, sondern suche mir ein schattiges Plätzchen zum Lesen.

Eigentlich wollten wir heute auf die Tauplitzalm, dem höchstgelegenem Seenhochplateau

Europas, und dort einige Seen umwandern. Aber das ist zu anstrengend für unseren lädierten Hund. Das Wasser auf 1.600 Metern Meereshöhe ist außerdem zu kalt, um darin zu schwimmen.

„Mir ist es langsam zu öde, ständig nur faul am Ödensee herumzusitzen", schimpfe ich. Doch uns bleibt nichts anderes übrig. Ich sitze ganz gern mal auf einer Bank und genieße den Ausblick, aber ich möchte auch laufen. Leider geht das nicht mit einem lahmen Hund, der Kreuzschmerzen hat. Insgeheim bin ich froh, dass es so heiß ist, denn bei Kälte oder gar Regenwetter könnte ich nicht einmal am See sitzen.

„Morgen soll es regnen", informiert mich mein Mann. „Und danach richtig kalt werden."

„Weißt du was?", überlege ich. „Wir brechen unseren Urlaub ab und fahren nach Hause. Dort wird Pascha sicher schneller gesund. Meinst du nicht?"

Mein Mann stimmt mir sofort zu und packt unsere Sachen in Windeseile in den Koffer. Sieben Stunden später sind wir wieder daheim in Chemnitz. Unser Hund springt mit einem Satz aus dem Auto und schreit auf. Er hatte wohl seine kranken Knochen und Gelenke ganz vergessen. Nun hoffen wir, dass es ihm recht schnell wieder gut geht.

Ferien in Tirol

aus „Ein ganz anderes Leben"

1982. Die Sommerferien beginnen für die Familie mit einem Urlaub in Kirchberg/Tirol. Gleich am ersten Ferientag packen Susi und Manfred die Koffer, verstauen sie im Auto und sind reisefertig. Es ist der erste Familienurlaub nach vier Jahren und auch der erste in Österreich. Manfred hat seinen Kindern erklärt, dass sie an der Grenze zuerst ihr Geld umtauschen müssen, weil es in einem anderen Land auch ganz anderes Geld gibt. In Österreich heißt es Schilling. Das finden die Kinder sehr spannend und freuen sich auf die Reise. Es soll dort hohe Berge geben.

Diese Berge sehen sie bereits von der Autobahn kurz nach München. Das Hotel liegt am Rand des Dorfes, das ringsum von Wiesen und Hügeln mit Wäldern eingesäumt ist, in der Ferne ragen über den Wäldern Felsen hervor. Die Landschaft wirkt wunderbar friedlich.
Hinter dem Haus befindet sich ein kleiner Spielplatz mit einem großen Wasserbecken für die Kinder. Susi und Manfred sitzen gern auf dem Balkon, schauen ihren Beiden beim

Spielen und Planschen zu und freuen sich über die wunderbare Aussicht über das Tal und in die Berge.

Im Ort gibt es ein richtiges großes Freibad mit einer riesigen Rutsche. Die kleine Anett steht am Rand und bewundert ihren großen Bruder, der mutig hinunter rutscht und mit einem lauten Platsch ins Wasser taucht.

Und es gibt einen See, auf dem man mit dem Boot gondeln kann. Susi ist dieser See ganz unheimlich, weil das Wasser vollkommen schwarz ist und man weder Fische noch Pflanzen erkennen kann.

Vor allem gibt es wunderschöne Wanderwege hinauf in die Berge, auf deren Gipfeln oft noch Schnell liegt. Als sie ein Stück hinauf ins Kaisergebirge gewandert sind und einen wunderschönen Blick ins Tal haben, jubelt Susi: „Jetzt weiß ich, weshalb das Jodeln erfunden wurde, denn mir ist ständig nach Jodeln zumute.“

Am Nachmittag lächelt Manfred etwas verlegen und verkündet: „Ich gehe jetzt in den Fernseh-raum zum Fußball.“

„Das ist nicht dein Ernst!“, empört sich Susi.

„Deutschland spielt. Es sind Weltmeister-schaften.“

„Na und? Es ist unser Urlaub.“

Susi denkt zurück an ihren Urlaub vor vier Jahren in Schmilka im Elbsandsteingebirge. „Ich will nicht, dass du wie damals jeden Nachmittag und Abend mit anderen Männern im Fernsehraum verbringst, Fußball schaust und mich mit den Kindern allein lässt. Das ist für mich kein Urlaub."

„Du weißt, wie wichtig mir Fußball ist. Aber ich verspreche dir, dass ich mir nur die Deutschland-Spiele anschaue."

Susi zuckt mit der Schulter. Sie glaubt ihrem Mann nicht, da er beim Fußball oft komplett die Zeit und alles um sich herum vergisst. Aber es hat keinen Sinn zu streiten. Manfred würde so oder so kein Spiel verpassen. Trotzdem ist sie verärgert, weil er vorher nichts gesagt hat. Nichts sagen kommt für Susi einer Lüge gleich.

„Und wenn die Österreicher spielen", ergänzt Manfred. „Schließlich sind wir in Österreich und sollten die Landsleute anfeuern."

Da diese Weltmeisterschaften in Spanien stattfinden, beginnen die ersten Spiele zum Glück erst nach 17 Uhr. So kann die Familie ihren Tag ganz normal planen, die Wege durch die Wiesen hinauf in den Wald laufen, die Aussichten hinunter ins Tal genießen und baden gehen.

Einmal fahren sie durch den langen Felber- tauerntunnel und zurück die Großglockner-

Hochalpenstraße. Manfred tastet sich langsam die vielen steilen Serpentinen hinunter, während Susi und die Kinder vor Schreck und Aufregung kaum ein Wort herausbringen.

In der zweiten Woche wird es kalt und es regnet. Die Wege und der Wald sind nass und sie beschließen, nach Venedig zu fahren. Sie waren noch niemals zuvor in Italien und somit überhaupt noch nie so weit im Süden.
Sie wählen die Route durch die Hohe Tauern. Das alte Auto hat keine Mühe, die steilen Straßen mit den vielen Kurven zu bewältigen. Für Manfred ist das schwieriger. Er hat den Führerschein noch nicht allzu lange und fühlt sich etwas unsicher oben in den Bergen. Außerdem ist die Schnauze des alten Citroen so lang, dass er in den Kurven der Serpentinen die Straße nicht richtig erkennen kann. Bevor der Wagen herumschwenkt, glaubt man sich wie in der Luft, was im Magen ein nervöses Kribbeln verursacht.
Kurz nach der italienischen Grenze tuckert der Motor seltsam und Manfred hält auf dem nächstbesten Parkplatz. Er öffnet die Motorhaube und klopft ein wenig hier und da und auch am Auspuff. Eine Schelle hat sich gelockert, die er wieder befestigen muss. Etwas unsicher fahren sie weiter. Irgend etwas stimmt

nicht, denn es wird immer heißer im Fahrgastraum. Die Kinder haben längst ihre Jacken abgelegt und Susis Pullover klebt unangenehm an ihrem Körper.

„Ich befürchte, dass der Motor kaputt ist."

„Dann halte an!", bittet Susi. „Nicht, dass noch etwas explodiert. Vielleicht brennt längst etwas, es ist so schrecklich heiß hier drinnen."

„Du siehst doch, dass ich hier nirgendwo halten kann. Die Straße ist viel zu schmal."

Es geht noch lange steil bergab, ehe sie endlich ein kleines Dorf erreichen und parken können. Manfred steigt aus und geht um das Auto herum. Ihm ist heiß. Noch ehe er die Motorhaube öffnet, fängt er an zu lachen.

„Was ist denn?, wundert sich Susi.

„Wir sind im Süden!", ruft Manfred. „Schau doch! Die Menschen laufen in kurzen Hosen und dünnen Kleidchen herum. Deshalb war es plötzlich so heiß im Auto."

Spät in der Nacht kommen sie in Venedig an und finden schnell ein Hotel mit einem großen Zimmer für die ganze Familie.

Am nächsten Morgen wird das Frühstück in einem wunderschönen kleinen Garten serviert, der voller Blumen und blühender Sträucher ist.

„Hier zu sitzen ist der reine Genuss. Ich möchte gar nicht mehr weg", freut sich Susi.

Aber die Kinder zappeln ungeduldig mit den Beinen. Sie wollen Venedig sehen, die Stadt, die mitten im Wasser liegt. Sie bummeln durch schmale Gassen, an Kanälen entlang und über viele kleine Brücken. Autos gibt es in der Innenstadt nicht, nur Karren voller Obst und sonstiger Waren, die die Händler ziehen oder schieben müssen. Die Kinder haben ihren Spaß an den unzähligen Tauben, die ihnen auf dem San Marco Platz frech die Brotkrumen direkt aus der Hand picken. Manfred macht viele Fotos.

Plötzlich stolpert Susi. Ihr Absatz ist gebrochen. Sie hebt ihn auf und zeigt ihn Manfred.

„Ich habe keine Wechselschuhe dabei. Wie soll ich denn jetzt laufen?"

Da winkt ihnen eine Frau zu. „Venire!"

Susi humpelt der Frau hinterher und landet wenige Schritte später in der Werkstatt eines Schusters.

„Vielen Dank!", ruft sie der Frau nach. Dann reicht sie dem Handwerker ihren kaputten Schuh und den Absatz. Als Manfred bezahlen will, winkt der Mann nur ab und schenkt den Kindern je eine wunderschöne Glaskugel. Anetts Kugel leuchtet rot, André seine blau. Die Kinder tauschen, weil die Lieblingsfarbe von Anett blau und von André rot ist.

Sie nehmen den Hinterausgang der Werkstatt

und stehen vor einem Kanal, in dem dunkel das Wasser schimmert. Der Fußweg ist sehr schmal und mündet schließlich auf einem breiteren. Durch das viele Sonnenlicht glitzert das blau schimmernde Wasser, auf dem viele schwarze Gondeln schwimmen.

„Bella Donna! Si prega de prendere la gondola!"

„Ich habe Gondel verstanden."

„Und ich schöne Frau", ergänzt Manfred lachend.

Die Kinder betteln: „Bitte, wir wollen mit dem Schiff fahren!"

Der Gondolere trägt ein weißes Hemd, das in der Sonne grell leuchtet, und einen Strohhut mit einem langen roten Band. Er zeigt mit einem Arm auf sein Boot und reicht den anderen Anett, aber das kleine Mädchen tritt ängstlich einen Schritt zurück. Doch André greift sofort zu und springt mit einem Satz ins Boot. Manfred nimmt seine Tochter auf den Arm und übergibt sie dem Mann in der Gondel. Dann wartet er, bis Susi eingestiegen ist und nimmt als letzter Platz. Susi und Manfred sitzen auf einer Art Thron aus dunkelblauem Kunstleder, der mit einer Blumengirlande über einem verschnörkeltem Rahmen geschmückt ist. Der Mann steuert das Boot mit einem einzigen langen Stab durch den Canale Grande, am Dogenpalast vorbei und unter der Rialtobrücke hindurch. Dann fängt er an zu singen. Das ist so wunderbar kitschig, dass Susi die Tränen in die Augen steigen.

Am Nachmittag merkt Manfred, dass der Fotoapparat den Film nicht transportierte. „So ein Mist! Wir haben kein einziges Bild von Venedig, den Gondeln, Brücken und Tauben."
Kurz entschlossen laufen sie schnell noch einmal die wichtigsten Sehenswürdigkeiten ab und knipsen eher wahllos nach allen Seiten. Dann wird es Zeit für die Fahrt zurück ins Urlaubshotel.
Sie wählen die Strecke über die Brenner-Autobahn, die aus unzähligen Viadukten besteht und den Blick auf mehrere alte Burgen und Ruinen freigibt.

Susi nimmt sich vor, ein spezielles Fotoalbum für diesen wunderbaren Urlaub anzulegen und ab sofort alle ihre Erlebnisse mit Bildern und passenden Texten zu dokumentieren.
Außerdem will sie sich künftig über wichtige Sportereignisse informieren, damit sie nie wieder im Urlaub davon überrascht wird.

Pfingstferien in der Schweiz

aus „Ein ganz anderes Leben"

Die Pfingstferien verbringt Susi mit ihrem Mann Manfred und den beiden Kindern André und Anett bei ihrem Bruder Uwe in Sion. Er hat eine geräumige Vier-Raum-Wohnung und somit Platz für seine Gäste.

Dieses Mal wollen sie nicht wie sonst durchgehend Autobahn fahren, sondern verlassen diese in Chur in Richtung Oberalp-Pass. Die schmale Straße windet sich hinauf in die Berge und hat zur Freude der beiden Kinder noch viel Schnee an den Straßen-rändern. Sie sehen schließlich weit unten in einem grünen Tal Andermatt liegen und biegen dort zum Furka-Pass ab. Ab Realp geht es nicht weiter. Die Straße ist noch bis in den Juni hinein gesperrt, aber sie können den Furka mit der Bahn durchfahren.

„Wir fahren gleichzeitig Auto und Zug!", jubeln die Kinder.

Das „Einsteigen" ist viel leichter als gedacht, denn statt einer schmalen Rampe führt die Straße direkt gerade auf den Waggon. Man fährt einfach von Wagen zu Wagen weiter bis zum letzten Fahrzeug. Es stehen schon mehrere Busse und Lieferwagen und natürlich PKW auf dem Zug.

Anett möchte sofort auf den Fahrersitz krabbeln, ihr Vater lässt ihr dieses Vergnügen. Sie darf sogar die Lichthupe betätigen. Auch die Scheinwerfer der anderen Autos leuchten hin und wieder in dem ansonsten stockdunklen Tunnel auf und animieren die Kinder zu spannenden Geschichten über Verfolgungs-jagden. Nach nur 15 Minuten ist die Fahrt vorüber.

Ab Oberwald geht es nur noch abwärts und zwei Stunden später kommen sie bei Susis Bruder in Sion an.

Am nächsten Tag unternimmt die Familie ein besonderes Abenteuer. Ganz in der Nähe gibt es einen See, den man nicht sieht, weil er unter einem Berg versteckt ist, der Lac Souterrain. Der See ist 300 Meter lang und der größte Unterwassersee in Europa.

Die Kinder wollen sofort eine Bootstour machen, was allerdings nur mit einem Führer möglich ist. Kleine Lichtstrahler beleuchten die lange schmale Höhle und lassen sie sehr geheimnisvoll wirken. Manfred ist ebenso fasziniert von diesem Schauspiel unter der Erde wie die Kinder. Susi ist das ganz und gar nicht geheuer. Sie befürchtet, dass ein Stein von den Felsen herunterfällt und alles unter sich begräbt. Aber sie lässt sich ihre Angst nicht anmerken, sondern wetteifert mit den Kindern, wer das schönste Echo herbeirufen kann. Nach einer halben Stunde ist die Bootstour vorüber und Susi steigt erleichtert aus der recht kühlen Grotte.

Einen Tag darauf planen sie, den Lac de Tseuzier zu besuchen, den man leicht über eine serpentinenreiche Bergstraße erreichen kann. Sie fahren durch einen schmalen Tunnel und stehen plötzlich in einer so dichten Wolke, dass Manfred kaum die Straße vor der Kühlerhaube erkennen kann.

Susi schreit: „Halte an! Sofort!"

Manfred bremst und steigt aus. Er geht einige Meter zu Fuß, aber die Nebelwand ist so dick, dass nicht nur das Weiterfahren lebens- gefährlich wäre, sondern auch das Stehen- bleiben. Er wendet das Fahrzeug, was gar nicht so einfach ist, denn der Audi scheint länger als die Breite der schmalen Straße. Susi steht am Felsen und dirigiert hektisch mit ihren Armen, um Manfred anzuzeigen, wie viele Zentimeter er nach vorn oder zurück stoßen kann. Als das Auto nach einer gefühlten Stunde, aber wahrscheinlich nach nur wenigen Minuten endlich heil gewendet ist, steigt Susi schweißgebadet wieder ein.

Die Straße ist auf einmal noch schmaler als bisher und obendrein von Mauern eingegrenzt. Offenbar hat Manfred im Nebel einen falschen Abzweig genommen. Schließlich erkennen sie, dass sie mitten durch die Weinfelder steil hinunter fahren und schließlich in Chateauneuf auf einer normal breiten Straße ankommen. Erst unten im Ort finden die vier Abenteurer ihre Stimme wieder und erzählen sich gegenseitig aufgeregt ihre Ängste und Empfindungen.

Am nächsten Tag wollen sie auf Uwes Empfehlung den Leiterweg gehen, von Leukerbad hinauf nach Albinen. Dieses Dorf war bis vor zehn Jahren nur über steile Leitern zu erreichen. Manfred parkt oben in Albinen. Die Kinder steigen aus und sofort begeistert die erste Leiter hinunter.

„Nicht so schnell!", mahnt Susi. „Haltet euch gut fest und achtet genau auf eure Tritte!"

Eilig folgt sie ihren Kindern, während Manfred noch das Auto abschließt. Bei der nächsten Leiter dreht sie sich um und schaut nach unten. Dabei sieht sie eine steile Felswand und unglaublich weit unten ein helles Band – die Talstraße nach Leukerbad. Susi klammert sich an der Leiter fest und kann plötzlich keinen einzigen Schritt mehr machen.

„Was ist los?", will Manfred wissen. „Geh weiter!"

Doch Susi ist wie versteinert. Sie spricht nicht, sie reagiert nicht, sie hängt nur zitternd auf der Leiter.

„André! Anett! Kommt rauf!", ruft Manfred. Dann steigt er einige Sprossen hinauf und steht auf einem Absatz, wo die nächste Leiter beginnt. „Komm langsam bis hierher! Ich helfe dir."

Erst, als die Kinder direkt an die Schuhe ihrer Mutter stoßen, fällt Susi aus einer Starre. Sie gibt sich einen Ruck und steigt Sprosse für Sprosse die Leiter hinauf. Manfred hilft ihr auf den letzten Metern. Oben angekommen lässt sie sich erschöpft ins Gras fallen.

„Mami, was war denn los mit dir?"

„Ich hatte auf einmal große Angst."

„Aber du musst dich nur festhalten, es kann gar nichts passieren."

„Geht spielen!", bestimmt Manfred. „Die Mami muss sich einen Moment ausruhen."

Die Kinder entdecken einen kleinen Gletscherbach und laufen hin.

Susi zittert noch immer. Doch sie hat ein schlechtes Gewissen, weil sie den Kindern diesen Leiterweg versprochen hat.

„Vielleicht ist es einfacher, die Leitern hinaufzusteigen. Dabei schaut man nicht in die Tiefe."

„Möglich", sagt Manfred wenig überzeugt.

„Willst du das wirklich versuchen?"

Susi nickt. Manfred ruft nach den Kindern.

„Wir fahren hinunter zum Leiteranfang und steigen die Leitern hinauf. Das ist sicher lustiger."

Die Kinder sind sofort bereit für dieses Abenteuer und springen ins Auto. Sie fahren die Serpentinen wieder hinunter, die Talstraße entlang, durch einen Tunnel und stehen schließlich am unteren Anfang des Leiter- weges. Man sieht, wie sich Leiter für Leiter durch die Bäume hinauf zum Felsen windet und bald nicht mehr vom Stein zu unterscheiden sind.

„Auf geht's!", ruft Susi fröhlich. Innerlich macht sie sich Mut, denn die Dorfbewohner haben mit Gepäck, Hausrat, Kind und Kegel die Leitern bewältigt. Also wird sie das ebenfalls schaffen. Zwischen den Sträuchern und Bäumen geht alles gut. Doch vor der ersten Leiter, die steil den Felsen hinauf führt, gibt Susi auf. Sie schaut nach oben, wo Manfred und die Kinder bereits die übernächste Leiter bewältigt haben und ihr wird himmelangst.

„Stopp! Genug!", schreit sie.

„Aber wir wollen doch nach oben", beschwert sich André.

„Es reicht, habe ich gesagt", befiehlt Susi streng. „Kommt sofort herunter!"

Die Kinder gehorchen, aber sie sind bitter enttäuscht.

„Du hast es versprochen", beschwert sich André. „Du bist gemein."

„Die Mami hat eben Angst um euch", versucht Manfred zu trösten. Dann setzt er hinzu: „Wir fahren jetzt weiter bis Leukerbad und gönnen uns dort einen Rieseneisbecher, aber die Mami bekommt keinen."

Susi lächelt. Aber sie ist ganz weiß im Gesicht und hat ganz sicher keinen Appetit auf Eis.

Für die Heimreise zurück nach München wählen sie den Simplon-Pass. Der ist zwar autobahnbreit ausgebaut, aber trotzdem hoch spannend wegen der vielen unendlich langen Viadukte und Tunnel und der traumhaften Ausblicke in tiefe Täler und auf weitere hohe Berggipfel.

Dann fahren sie schmale, kurvenreiche Land-straßen hinunter bis Locarno und am Lago Maggiore entlang. Manfred fühlt sich wie ein Rennfahrer, doch Susi und den Kindern ist vom Hin- und Herschleudern in den vielen Kurven schon ganz übel. Sie brauchen eine lange Pause und spazieren lange durch einen wunderschönen Park in Lugano. Es ist ein seltsames Gefühl, zwischen Palmen und bunten Blumen auf weiße Segelboote auf dem

See zu schauen und gleichzeitig schnee-
bedeckte Berggipfel zu sehen. Beim Schauen
und Staunen vergessen sie ganz den weiten
Heimweg.

An einem einzigen Tag haben sie fünf
Ländergrenzen überquert: Schweiz - Italien -
Schweiz - Italien - Österreich - Deutschland.

Der Fränkische Brauereiweg

veröffentlicht in „Bierglaslyrik"

„Ich soll euch einen Rat geben?", fragt der Wirt und kratzt sich dabei mit seiner Hand am Kinn. „Wir Franken verbringen unsere Freizeit im Biergarten der nächstbesten Brauerei." Der Wirt lacht. „Hier in Franken hat jedes Dorf seine eigene Brauerei. Bier schmeckt gut, löscht den Durst und ist gesund."

„Bier?", frage ich entsetzt. „Es heißt doch, die Fränkische Schweiz sei eine Genussregion."

„Genau. Wir genießen deftigen Schweinsbraten und dazu ein frisch gezapftes Bier aus der Hausbrauerei."

Ich bin enttäuscht. Bei dem Wort Genussregion ist mir nicht Bier eingefallen, sondern Wein und auch kein Schweinsbraten.

„Mein Rat: geht den Brauereiweg! Er startet in Aufseß, in der Brauerei gibt es die Wander-Stempelkarte."

Brauereiweg. So ein blöder Einfall. Ich habe keine Lust, von Kneipe zu Kneipe zu ziehen, Bier zu trinken und den ganzen Unsinn auch noch abstempeln zu lassen.

„Du wirst sehen, es wird toll!", jubelt Dieter.

In der Brauerei Rothenbach in Aufseß holt Dieter zwei Stempelkarten.

„Wozu das denn?", will ich wissen.

„In jedem Gasthof bekommen wir einen Stempel."

„Und zum Schluss eine Urkunde", höhne ich.

„Ja. Woher weißt du das?"

Ich weiß gar nichts. Ich wollte Dieter nur ärgern.

„Was willst du denn mit so einer blöden Urkunde?"

„Einrahmen und in den Vorsaal hängen."

Genervt schüttle ich den Kopf.

„Ich finde das lustig." Dieter hält mir eine Karte entgegen, die er zusammen mit den Stempelkarten erhielt. „Hier ist der Brauereiweg eingezeichnet. Er ist 15 Kilometer lang und der nächste Ort heißt Sachsendorf."

Nun muss ich lachen. Ich bin Sachse, Dieter auch. Wir laufen durch das wunderschöne Tal des Flüsschens Aufseß und finden nach fünf Marschkilometern die Brauerei Stadter.

Es ist noch nicht einmal elf Uhr, aber der Biergarten ist voller Leute. Ich steuere sofort die Gaststube an. Die ist leer. Keine Gäste, keine Bedienung. Wo bleibt Dieter? Gerade, als ich verärgert wieder gehen will, kommt Dieter herein.

„Willst du nicht mit raus in den schönen Biergarten?"

„Nein, wir waren lange genug draußen."

„Was derf i eich bringe?" Die stämmige Wirtin schaut uns freundlich an.

„Bier natürlich", bestimmt Dieter.

Ich wollte Wein, aber ich sage nichts.

„Ein würziges Landbier für di und a kloans Dunkles für die Dame?"

„Gerne", bestätigt Dieter strahlend.

Wider Erwarten schmeckt mir das Bier richtig gut. Sicher hat mich die lange Wanderung einfach nur durstig gemacht.

Weiter geht es über Feldwege und an einer Waldgrenze entlang. Schließlich erreichen wir die Brauerei Reichold in Hochstahl. Ich gehe sofort am Biergarten vorbei, der sowieso direkt an der Straße ist, und betrete die Gaststube. Das heißt, ich will sie betreten. Aber sie ist gerappelt voller Leute, die einen unglaublichen Lärm machen. Dicht hinter mir steht Dieter und wird von weiteren Gästen geschoben.

„Kimm rei! Hock di da her!", brüllt ein Mann und klatscht mit seiner riesigen Hand auf seinen Oberschenkel. Zwei Frauen rücken zur Seite. Ich muss mich auf die freie Stelle der Bank quetschen und versuche zu lächeln.

„Resi, bring zwoa Zwickl für die Leit do!", dröhnt der Mann und weist mit seiner Pranke auf Dieter und mich.

„Bratwurscht wär no, Schweinsbrodn is aus."
Mit diesen Worten stellt uns die Wirtin das Bier auf den Tisch. Dieter bestellt Bratwürste.

Die Frau neben mir greift nach meinem Arm und stimmt in das Lied mit ein, das inzwischen die Leute fröhlich schmettern. Dabei lacht sie mich so offen an, dass ich meinen Arm nicht zurückziehe, sondern einfach mitlache.

Zwei Kilometer und eine Stunde später sitzen wir im Biergarten der Brauerei Kathi-Bräu in Heckenhof und genießen dunkles Lagerbier.

Zum Abschluss des Tages bestellen wir im urigen Biergarten der Brauerei in Aufseß eine große Brotzeitplatte und dazu ein Hefeweißbier.

Überaus zufrieden bestaunen wir unsere Urkunde, die uns als *Fränkischen Ehrenbiertrinker der Weltmeisterbrauereien* auszeichnet.

Der Brauereiweg war ein richtig guter Rat.

Ein fränkischer Gasthof

1649. Dieses Datum ist gut erkennbar oben in meinen Türsturz eingeritzt – das war mein Geburtsjahr. Doch das Holz meiner Wände duftet ganz frisch, weil die Vertäfelung neu ist und die Gaststube erst seit Donnerstag wieder geöffnet. Es gibt eine umlaufende Sitzbank und blankgeputzte Tische mit rot-weißen Tisch-deckchen und Vasen mit frischen Wiesen-blumen. Das gefällt mir. Mir gefällt auch, dass mir nie langweilig wird. Ab Mittag sind die meisten Tische besetzt und ich höre den Leuten zu, was nicht immer einfach ist wegen der vielen Dialekte. Meist sind es Urlauber, die von weit her kommen und es sich in der Genussregion Fränkische Schweiz gut gehen lassen.

„Eine Weißweinschorle, bitte, nicht zu trocken", bestellt eine feine Dame.
Warum will sie kein Bier? Schließlich sind wir hier im Bierfranken, Weinfranken liegt weiter nördlich. Viele Brauereien betreiben wie unsere einen eigenen Gasthof. Franken hat mit seinen dreihundert Braustätten die weltweit größte Brauereidichte, hier in der Fränkischen Schweiz

sind es allein siebzig. So etwas spricht sich herum. Der Mann, der neben dieser Frau sitzt, scheint das jedenfalls zu wissen, denn er verlangt ein einheimisches Bier.

„Mögen's a dunkles altfränkisches oder a hells spritziges Kellerweizen?", erkundigt sich Marita, unser Serviermädel.

„Ein dunkles, bitte. Kommt das vom Fass?", erkundigt sich der Mann.

Marita lacht. „Direkt vom Braufassl, koane zehn Meda von da."

Damit hat sie Recht. Von der Brauerei direkt zur Theke und ins Glas – kürzer geht es wirklich nicht.

„Mögt's ihr was essen?" Marita reicht den Herrschaften die Speisekarte.

„Ich nehme einen Salat, bitte nur wenig Öl, am besten gar keins. Bringen Sie mir die Flasche extra!"

„Do steht's." Marita zeigt mit der Hand auf die Öl- und Essigflaschen, die neben Salz und Pfeffer auf dem Tisch stehen.

Ich verstehe eigentlich nicht, warum die Leute nachwürzen – manche sogar, bevor sie überhaupt gekostet haben. Hubert, unser Koch, würzt alles so wie es sein soll. Schließlich hat er das gelernt und außerdem schon mehr als zwanzig Jahre Erfahrung. Er stammt hier aus dem Dorf, doch nach der Lehre ging er ins

Ausland, von der Fränkischen in die „echte" Schweiz, nach Sion. Dort kocht und redet man feiner als hier, es nennt sich Französisch. Doch sieben Jahre später kam er zurück und sagte, dass es nirgendwo so schön sei wie daheim. Vor allem habe ihm die deftige fränkische Küche gefehlt. Er wolle keine Kunstwerke mehr auf die Teller der Gäste zaubern, sondern einfach nur noch satt werden. Und das von einheimischem Fleisch und Gemüse, gekocht nach fränkischer Art. Da ist er in meinem Haus genau richtig.

„Was bitte ist ein Schäuferla?", will der Mann wissen.

„Ein Braten. Er stammt aus der Schweine-schulter und wird komplett mit Knochen und Schwarte zubereitet und serviert."

„Das ist sicher sehr fettig", nörgelt die Dame.

„Na, Schulter ist von Haus aus mager."

„Schäuferla, Schäuferla", brummt der Mann vor sich hin.

„Der Knochen sieht halt aus wie a Schäufele, eine Schaufel", erklärt Marita. „Dazu a Kraut und Knödl."

„Ist das jetzt typisch für hier?"

„Ganz typisch. Soll ich´s Ihna bringa?"

„Gern."

Der Mann nickt und lehnt sich zufrieden zurück, während die Dame ihre Nase rümpft und den

Kopf schüttelt.

„Herbert, du solltest vorsichtiger sein, sonst hast du bald so einen runden Bauch wie diese Bayern hier."

Was redet diese Frau? Der Franke ist gar kein Bayer. Er war nie einer und er wird auch nie einer werden. Manche behaupten, der Franke sei mürrisch. Doch das stimmt nicht, er ist nur ein wenig wortkarg.

„Iss, was gar ist!
Trink, was klar ist!
Red, was wahr ist!"

Dieser Spruch hängt über meiner Tür. Er gefällt mir von Tag zu Tag besser und passt zu den Franken. Wo auch immer man in Franken hingeht, es wird tüchtig geschmaust und gebechert. Jeder weiß hier, dass Fleisch und Bier sehr gesund sind. In vernünftigen Mengen versteht sich. Naja – die Teller sind recht voll und das Glas schnell leer. Doch man setzt sich schließlich an den Tisch, um satt zu werden und den Durst zu stillen. Vielleicht ist deshalb der Franke der glücklichste Mensch auf dieser Erde, amtlich belegt zumindest der zweit-glücklichste in Deutschland. Das hat erst neulich ein Gast aus der Zeitung vorgelesen.

Nun kommt eine Gruppe lärmender Burschen ins Lokal.

„Acht Heineken!", bestellt einer laut und hält eine Hand und drei Finger hoch.

„Heineken gibt's nicht."

„Wat?" Ungläubig schüttelt der Mann seinen Kopf. Heineken gibt es weltweit überall, doch wir schenken nur Biere aus unserer Hausbrauerei aus. Ich merke sofort, dass diese Burschen aus Holland kommen.

„Hier niet. Brengen u acht Lagerbier!"

Na also – geht doch. Doch dann bestellen sie Pommes mit Majo. Vier von ihnen wollen wenigstens ein Schnitzel dazu. Für dieses Gericht wirft der Koch Fleisch und Kartoffelstücke einfach in Frittierfett – fertig. Nun, essen kann man so manches, doch schmeckt das so ganz ohne Kraut und Soße?

„Hier waren wir noch nie", stellt eine ältere Frau fest.

Der Mann neben ihr nickt.

„Seit 28 Jahren machen wir nun Urlaub in der Fränkischen Schweiz und kennen diesen wunderbar urigen Gasthof noch nicht."

„Naja – wir haben doch unsere Lieblingslokale, wo wir in jedem Jahr einkehren. Und hätte der Maihof nicht ausgerechnet heute ein Hochzeitsfest, säßen wir jetzt dort."

„Zwei Hefeweizen, bitte!", ruft der Mann laut. Es klingt nicht ungeduldig fordernd, eher freundlich. Er hat offenbar großen Durst. Viel Flüssigkeit mit wenig Alkohol macht unser Bier zu einem einzigartigen Durstlöscher. Der Mann bestellt eine Haxe, die Frau Fränkische Bratwurst. Beide schauen zufrieden und erwartungsvoll in die Runde. Sie freuen sich sichtlich auf ihr deftiges Mittagessen.

Vorn in der Ecke sitzt wie immer der Fonsi. Er heißt eigentlich Alfons. Meist trinkt er mit einem einzigen Schluck ein Dunkles leer, liest dann lange die Zeitung von hinten bis vorn und noch einmal von vorn bis hinten. Danach trinkt er noch ein Dunkles. Dabei redet er kein einziges Wort. Ich glaube nicht, dass er eine Frau daheim hat, denn er sitzt immer allein da.

„Zwei Radler, bitte!", bestellt eine junge Frau. Wenn ich jetzt könnte, würde ich mich schütteln – unser süffiges Bier mit Limonade vermischt. Und kichern würde ich auch, wenn ich könnte, aber nur heimlich. Diese Frau trägt einen Anzug, der ihr wie eine zweite Haut am Körper klebt, ihr Begleiter ebenfalls. Radsportbekleidung heißt das. Zwei Radler bestellen Radler, das passt. Und dazu einen gemischten Fränkischen Brotzeitteller. Es ist zwar schon

Mittag, doch Wurst, Schinken, Speck, Sülze und Käse schmecken eigentlich immer.

„Ach, du liebe Zeit! Das ist viel zu viel!", ruft die Frau aus, als Marita das Brett mit all den Leckereien auf den Tisch stellt.

„Des schafft´s ihr scho!"

Radsportler haben meist wenig Zeit. Sie rutschen auf ihrem Kissen hin und her und wollen schnell wieder hinaus und weiterfahren.

„Willste wieder ne Weißweinschorle?", fragt jetzt ein Mann seine Frau.

Die schüttelt mit dem Kopf und lächelt. „Lieber so ein dunkles Landbier, das hat mir gestern gut geschmeckt."

Der Mann lacht. „Dabei wolltste´n Fränkschen Brauereiweg gar ni mitgehn."

„Naja, du weißt ja, dass ich lieber Wein trinke. Doch diese Tour durch das wunderschöne Tal am Flüsschen Aufseß entlang war der reine Genuss." Sie zwinkert ihrem Mann zu. „Für dich eher die fünf Gasthöfe, stimmt´s?"

Wieder lacht der Mann. „Das hädsch gern dorheeme ooch."

„Lustig fand ich, dass wir sogar eine Brauerei in Sachsendorf besuchten, da wir ja Sachsen sind."

„Alle beede", bestätigt der Mann. „De Biergärdn sind echt ne Wucht. Und des Bier erschd!" Er

137

verdreht genießerisch die Augen.

„Und weil du nicht genug kriegen kannst, haben wir für die fünfzehn Kilometer einen vollen Tag gebraucht", stichelt die Frau.

Sie erinnern sich gegenseitig daran, dass es zum Abschluss für jeden noch eine Urkunde gab: *Fränkischer Ehrenbiertrinker der Weltrekordbrauereien.*

„Drei Molle und ne Sportmolle!"

Marita schaut etwas ratlos.

„Drei Pils und ne Fassbrause, weil ick fahrn muss."

Aha, Berliner. Extra für die Preußen kauft der Wirt diese Limonade in Flaschen, weil wir die nicht selbst herstellen.

„Ick hab mir fast injepieselt, als der Michi in die Wiesent jeplumst is."

Die Männer haben offenbar eine Bootstour auf dem Wiesentfluss gemacht. Von Behringsmühle bis Muggendorf gibt es eine einmalig schöne Wasserwandertour mit dem Kanu.

„Fährt der Hirni det Wehr runter", schimpft ein dritter Mann und schüttelt empört den Kopf.

„Haste des Schild nich jesehn, dass de det Kanu tragen musst?"

Michi winkt ab. „War nicht weiter tragisch."

„Nee, jeil war dette!"

„Ick freu ma, det ick besser als ihr Pappnasen

det Naturwehr mit der geilen S-Kurve so hinjekriegt hab."

Die Männer lachen laut, bestellen Sauerbraten mit Kren (Meerrettich) und Kloß.

„Franzi, des kannst fei ned mocha", flüstert ein junger Mann am hinteren Tisch. Er greift nach der Hand des Mädchens, doch Franzi zieht die Hand heftig zurück.

„I heirod in Tracht oder nedda. I hob so a scheens Gwand."

Nun weint die Kleine auch noch und tut mir leid. Dem Burschen offensichtlich auch. Er legt den Arm um ihre Schulter und redet leise auf sie ein. Ich verstehe nur so viel, dass seine Mutter wegen der Erbtante auf einem weißen Brautkleid für die Zeremonie in der Kirche und für das Hochzeitsfoto besteht, doch Franzi unbedingt in Tracht heiraten will. Offenbar hat sie ihr rotes Dirndl bereits nähen lassen und will es auf jeden Fall tragen. Lieber verärgert sie die Erbtante als so falsch aufgeputzt zum Traualtar zu gehen. Schmuck habe sie auch nur passend zum Gewand und denke nicht daran, einen anderen anzulegen. Da ist guter Rat teuer. Wenn sie mich fragen würde, ich gäbe ihr Recht, denn mir gefallen die traditionellen Hochzeitsgewänder viel besser als die schönste weiße Spitzenrobe. Aber wer fragt schon eine Wand? Reden könnte ich sowieso nicht, nur zuhören. Das ist nebenbei bemerkt nicht immer einfach.

Schon der fränkische Dialekt ist schwer zu verstehen, zumal es so viele verschiedene davon gibt. Und da sich der Franke nicht gern in die Karten schauen lässt, passt ein Wort wie zum Beispiel das Bassdscho (passt schon) auf „Geht in Ordnung" genauso wie auf „Verpiss dich!".

Auch der junge Bursche murmelt: „Bassdscho" und ich überlege, ob er mit dem Hochzeitsdirndl einverstanden ist oder ob er etwa auf die Heirat mit Franzi verzichtet. Sie strahlt und küsst ihren Freund.

Bassdscho.

Unser Reise-Schutzengel

Ich glaube an Schutzengel, denn ich weiß sicher, dass es sie gibt. Besonders auf Reisen passt ein äußerst aufmerksamer Schutzengel auf mich und meinen Mann auf. Als Beweis werde ich von fünf Fast-Zusammenstößen berichten. Die Geschichten lesen sich erheblich länger als sie sich abspielten, denn sie beschreiben oft nur den Bruchteil von Sekunden.

1. Moped: Wir fahren in unserem Heimatdorf eine schmale Straße bergauf und biegen langsam um eine steile Kurve. Dort kommt uns ein Moped entgegen. Es fährt nicht am Rand, wo wir problemlos aneinander vorbei kämen, sondern in der Straßenmitte. Der Fahrer beugt sich weit nach unten, betrachtet konzentriert sein Hinterrad und lenkt dabei, ohne es zu merken, direkt auf uns zu. Alles geschieht wie in Zeitlupe. Wir sehen das Unheil unaufhaltsam auf uns zukommen, ohne eine Möglichkeit, auszuweichen.

Mein Mann bremst geistesgegenwärtig, damit der unvermeidliche Aufprall etwas abgemildert wird. In diesem Moment schaut der Fahrer nach oben, reißt sein Moped nach rechts und fährt direkt in ein offenes Tor des nahen Bauernhofes hinein.

„Hast du das gesehen?"

Ich nicke und merke, dass ich immer noch die Luft anhalte. „Aber der Typ auf dem Moped hat uns nicht gesehen."

„Hätte ich hupen sollen? Am Ende wäre er erschrocken gestürzt, vielleicht sogar den Steilhang hinunter."

„Oder auf unser Auto geprallt."

„Gar nicht auszudenken. Unserem Auto wäre bei weitem nicht so viel passiert wie dem Mopedfahrer."

Mich wundert, dass mein Mann so beherrscht weiterfahren kann. Ich hätte erst einmal anhalten, aussteigen und mich beruhigen müssen.

2. und 3. Frankenstein: So heißt dieser Ort wirklich – der Name auf dem Ortseingangsschild hätte uns warnen müssen! Die Straße ist schmal und führt über eine noch schmalere Brücke. Genau in diesem Moment kommt uns ein breiter Mercedes entgegen. Ein Fahrer ist nicht zu sehen. Ausweichen ist auf einer Brücke völlig unmöglich. Wir fahren also mit offenen Augen in das Unglück hinein, ohne es verhindern zu können. Unser Auto ist klein –

die Kräfte des Gegenfahrzeuges würden das bisschen Blech zwischen der Motorhaube und unseren Beinen mühelos zerquetschen.

Mein Mann bremst und auf einmal richtet sich ein Mann hinter dem Lenkrad auf, der vermutlich irgendetwas auf dem Boden gesucht hat. Ich sehe deutlich einen Kopf mit Hut und entsetzt aufgerissene Augen. Ich weiß nicht, wie viele Millimeter Luft zwischen den beiden Fahrzeugen passt, doch wie durch ein Wunder kommen wir unbeschadet aneinander vorbei. Mir hat es jedenfalls für viele Minuten komplett den Atem verschlagen.

Im gleichen Dorf fahren wir durch einen Wald. Plötzlich springt ein Reh zwischen den Bäumen hervor auf die Straße. Doch es bleibt mitten auf der Fahrbahn stehen und schaut uns wie gebannt entgegen. Mein Mann bremst, lenkt so weit wie möglich nach rechts, hupt gleichzeitig und betätigt die Lichthupe. Kurz, bevor wir fast zum Stehen kommen, besinnt sich das Tier und eilt auf des freie Feld auf der anderen Straßenseite.

Auch hierbei hat unser guter Schutzengel einen bösen Zusammenstoß verhindert.

4. Wolfgangsee: Die Sonne scheint und lässt das blau schimmernde Wasser glitzern. Wir fahren direkt oberhalb des Sees eine gewundene Straße entlang. Hohe Bergfelsen begrenzen den rechten Straßenrand, die so steil sind, dass wir das obere Ende gar nicht sehen können. Mir ist nach Jubeln zumute, denn wir fahren in den Urlaub und freuen uns schon seit vielen Wochen auf die geplanten Bergwanderungen.

Die Geschwindigkeit ist wegen der vielen Kurven auf achtzig Stundenkilometer begrenzt. Uns kommen mehrere Autos und Motorräder entgegen. Plötzlich schießt ein Sportwagen an der Fahrzeugschlange vorbei, es überholt die anderen und macht damit unsere Spur zu. Ein Ausweichen ist völlig unmöglich, denn auf der Gegenspur befindet sich die Fahrzeugschlange, auf unserer Spur kommt uns das Auto entgegen. Bei diesem Tempo wird es frontal in uns hineinkrachen. Wir sind uns sofort darüber im Klaren, dass dies keiner überlebt. Im Bruchteil einer Sekunde reagiert mein Mann und zieht das Lenkrad nach rechts und tritt gleichzeitig auf die Bremse.

Wie durch ein unglaubliches Wunder bleibt unser Auto in einer Art Felsöffnung stehen, in die wir nahezu zentimetergenau hineinpassen, ringsum schroffes Felsgestein.

Niemand hält an, um uns zu helfen. Nicht einmal der Unfall-Verursacher wendet, um nach uns zu schauen, ob wir verletzt sind. Schließlich manövriert mein Mann unser Fahrzeug aus der Felslücke heraus. Im nächsten Ort halten wir an und prüfen, ob wir einen Schaden feststellen können an den Reifen oder der Achse. Doch wir entdecken nichts, nicht einmal den kleinsten Kratzer.

Nach dem Urlaub wollen wir während der Heimreise die Stelle fotografieren. Doch so gründlich wir danach suchen, wir können sie nicht finden.

5. Autobahn: Uns überholt ein weißer Opel und schert direkt vor uns wieder ein. Plötzlich wird er langsamer.

„Was hat der vor?", wundert sich mein Mann. „Erst geht es ihm nicht schnell genug und jetzt bremst er mich aus."

Er lenkt auf die Überholspur, um an dem langsamen Fahrzeug vorbeizufahren. Doch plötzlich kommt genau dieses Auto immer näher. Es will uns in die Seite rammen. So etwas hatte ich schon mehrfach in amerikanischen Filmen gesehen, doch noch nie wirklich auf einer Straße.

Mein Mann hupt und versucht, so weit wie möglich nach links auszuweichen. Doch dort ist die Leitplanke! Er drosselt das Tempo, der „Schubser" ebenfalls und versucht, uns mit seinem Auto abzudrängen oder zu stoppen. Ich ziehe meine Knie nach oben auf den Sitz, umschlinge sie mit meinen Armen und lehne mich Richtung Fahrer – weg vom gefährlichen Bedrängnis. Dabei schreie ich aus voller Kehle, denn mir ist klar, dass es sofort zu einem furchtbaren Zusammenstoß kommt und ich zerquetscht werde.

Mein Mann tritt plötzlich kräftig das Gaspedal durch und entkommt millimetereng diesem Verrückten. Im gleichen Moment sehe ich den Hinweis auf einen Parkplatz und rufe: „Halt an! Halt sofort an!"

Erst auf dem Parkplatz kann ich mich beruhigen. Meine Beine zittern derart, dass ich nicht aussteigen kann.

Direkt vor uns hält ein Polizeiwagen. Mein Mann geht sofort hin und schildert den Beamten die soeben überstandene Situation.

„Was glauben Sie, was der Mann vorhatte?", erkundigt sich der Polizist.

Mein Mann zuckt mit der Schulter.

„Keine Ahnung. Ich habe nicht zu ihm hingesehen und weiß nicht, ob er uns absichtlich bedrängte, ob er nicht auf die Straße schaute oder ob ihm übel war."

Nun mische ich mich in das Gespräch. „Ich bin mir sicher, dass der Mann uns in Gefahr bringen wollte. Er überholte uns vorher und bremste uns aus, indem er sehr langsam vor uns herfuhr und uns damit zum Überholen animierte. Kaum waren wir auf gleicher Höhe, wollte er uns gegen die Leitplanke schieben."

„Das ist unlogisch. Schließlich bringt er sich damit selbst in Gefahr."

„Allerdings", bestätigt mein Mann.

„Glauben Sie, dass er unter Alkohol oder Drogen stand?"

„Möglich. Eigentlich ist es anders gar nicht zu erklären."

„Die Nummer haben Sie nicht zufällig notiert?", fragt der Polizist.

„Doch." Da ich eine Art Spiel mit den Kennzeichen betreibe, kann ich mich gut an die Nummer erinnern.

„Wir werden eine Fahndung einleiten, denn dieser Mann ist offenbar eine Gefahr für den Straßenverkehr."

Die Beamten bedanken sich, steigen in ihren Dienstwagen und fahren davon, während wir noch eine ganze Weile brauchen, um uns zu beruhigen und unsere Fahrt fortsetzen zu können.

Diese fünf unglaublichen Erlebnisse werden wohl den letzten Zweifler von der Existenz eines Schutzengels überzeugen, der sehr gewissenhaft auf uns achtet und aufpasst, dass uns nichts geschieht. Vermutlich wird der eine oder andere Leser eher an ein wenig Glück glauben, doch so viel Glück wie wir in diesen wirklich gefährlichen Situationen erlebten, kann es eigentlich gar nicht geben.

Deshalb danke ich hiermit von Herzen unserem Schutzengel und bitte ihn, uns weiterhin so sorgfältig zu beschützen.

Die Schutzengel unseres Lebens
fliegen manchmal so hoch,
dass wir sie nicht sehen können,
aber sie schauen immer auf uns herunter.

Jean Paul

Ausreise-Antrag

„17. Februar 1986, 17:30 Uhr Polizeirevier."
Bärbel hält ihrem Mann Gunter das kleine Blatt zum Lesen hin, das sie soeben im Briefkasten fand. Dann schließt sie die Wohnungstür auf und schiebt ihren dreijährigen Sohn in den Flur.
„Zieh deine Jacke aus, Daniel!", ruft sie dem Jungen zu und packt die Einkaufstasche auf den Küchentisch.
„Aber das ist doch heute!", hört sie Gunters Stimme. „Du lieber Himmel! In zehn Minuten. Da müssen wir rennen."
„Wir nehmen die Räder", bestimmt Bärbel. „Was werden die von uns wollen?"
Gunter zuckt mit der Schulter. „Geht sicher um unseren Ausreiseantrag. Hast du deinen Ausweis?"
Bärbel ist mulmig zumute. Sie glaubt ebenfalls, dass es um ihren Ausreiseantrag geht, den sie vor nunmehr vier Jahren stellten und dem sie in jedem Jahr eine Erinnerung nachschickten mit dem Vermerk auf ihre international verbrieften Menschenrechte. Manche Menschen wurden wegen solch einer Erinnerung verhaftet, verurteilt und für viele Jahre eingesperrt, andere bereits dafür, dass sie überhaupt einen

Ausreiseantrag stellten. Manche Antragsteller verloren ihre Arbeit und mussten lange auf ihre Ausreise warten, andere nicht. Die einen durften Möbel mitnehmen, die anderen hatten kaum Zeit, einen Koffer mit den nötigsten Kleidungsstücken zu packen. Dieses Durcheinander hatte System, damit sich kein DDR-Bürger auf eine geregelte Bearbeitungsweise verlassen konnte und sich stattdessen immer in ängstlicher Wartehaltung befand.

Bärbel zieht ihrem Jungen schnell den Anorak wieder an, während Gunter bereits die Fahrräder aus dem Keller holt. Es ist zwar frostig kalt draußen, doch zum Glück liegt kein Schnee, obwohl es eindeutig nach Schnee riecht.

„Guten Tag, wir sind die Familie Neumann." Gunter reicht dem Wachtmeister den Zettel. Der prüft zuerst umständlich die Ausweise und drückt dann einen Knopf auf seinem Telefon. Nach wenigen Minuten hören sie die Tür schließen, die von innen geöffnet wird.

„Kommen Sie!", befiehlt ein Mann in Uniform knapp, wartet, bis die Familie an ihm vorbei ist und sperrt hinter ihnen die Tür wieder ab.

Bärbel fühlt sich eingeschlossen, hilflos und direkt ausgeliefert. Ihr anfangs mulmiges Gefühl wandelt sich in nackte Angst. Sie werden in einen Raum geführt, in dem hinter einem Schreibtisch ein Mann sitzt, der keine Uniform trägt. Vor dem Schreibtisch stehen zwei einfache Holzstühle, auf denen sie Platz nehmen sollen, den kleinen Daniel hebt Gunter auf seinen Schoß.

„Ihre Ausreise ist bearbeitet", sagt der Mann ohne Umschweife. „Eigentlich könnten Sie noch in diesem Monat die Deutsche Demokratische Republik verlassen." Es entsteht eine Pause, in der der Mann die jungen Leute mustert. „Doch leider ..." Wieder macht er eine Pause, lächelt und hebt dann wie bedauernd die Hände.

„Leider?", hakt Gunter nach.

„Leider sind Sie schwanger." Das Gesicht des Mannes sieht jetzt böse aus, als er Bärbel anschaut.

"Woher wissen Sie?" Noch beim Sprechen weiß Bärbel, dass es eine ganz dumme Frage ist. Die Staatssicherheit weiß alles. Also weiß sie auch, dass sie im vierten Monat schwanger ist und zum Ende des Sommers ihr zweites Kind erwartet.

Der Mann lächelt wieder. „Dieses Kind", er zeigt auf Bärbels Bauch, „steht nicht in Ihrem Ausreiseantrag."

„Das holen wir sofort nach", erklärt Gunter.

Der Mann schüttelt den Kopf. Dann fragt er ernst: „Wie stellen Sie sich das vor? Es ist noch nicht einmal geboren, hat keinen Namen."

Gunter nickt. „Verstehe. Wir werden also warten und nach der Geburt unser Kind ergänzen."

„Was glauben Sie, wo Sie hier sind?" Der Mann schreit fast. „Bei wünsch dir was?"

Bärbel zieht erschrocken ihren Kopf ein und Daniel jammert leise. Der Mann steht auf und tätschelt dem Jungen derb die Wange.

„Ihre Ausreise gilt nur für den 26. Februar."

Die Eheleute schauen sich an und wissen, dass sie sich nicht freuen dürfen.

„Doch da Sie schwanger sind, ist dieser Termin ungültig."

Nun weint Bärbel. Es ist heraus, sie dürfen nicht ausreisen und müssen weiterhin in der DDR bleiben. Seit vier Jahren darf sie nicht mehr unterrichten und Gunter wurde sofort nach Antragstellung als Abteilungsleiter abgesetzt. Er arbeitet seitdem am Fließband und zwar rollende Woche, also auch am Wochenende. Nun erweisen sich die vier unerträglich langen Jahre der Warterei voller Entbehrungen und Anfeindungen aus dem Verwandten- und Kollegenkreis als völlig vergebens. Sämtliche Möbel sind eingelagert für den Fall, dass sie sie mitnehmen dürfen. Sie hausen die ganze Zeit extrem spärlich eingerichtet.

„Allerdings gäbe es eine Möglichkeit ..." Der Mann notiert etwas auf einen Zettel.

„Ja?" Gunter rutscht auf seinem Stuhl nach vorn und stellt den Jungen vor sich auf den Boden. Der klammert sich sofort an seinem Vater fest.

„Sie kommen im September wieder." Der Mann übergibt Gunter den Zettel. Auf dem steht das Datum 12.09.1986. Er zeigt ihn seiner Frau, die sofort strahlt, während ihr noch immer die Tränen über die Wangen laufen.

„Einverstanden", sagt Gunter laut und deutlich, Bärbel nickt.

„Dann ist das Kind", wieder zeigt der Mann auf Bärbels Bauch, „inzwischen geboren." Nun lächelt er. „Doch es bleibt hier." Er steht auf. „Das wär´s!"

Erschrocken presst die junge Frau die Hände auf ihren Bauch, als könnte sie das Ungeborene schützen. Gunter steht auf. Er zittert und lässt den Zettel fallen.

„Was seid ihr nur für Menschen?", sagt er leise und schüttelt seinen Kopf. „Nein, unter diesen Bedingungen ziehen wir unseren Ausreise-antrag zurück."

Der Mann schaut fragend von einem zum anderen und zeigt sich bestürzt. Er hebt bedauernd die Arme.

„Ich weiß nicht, ob ich diesbezüglich etwas für

Sie tun kann. Ihr Antrag ist bereits genehmigt und ohne die Schwangerschaft wäre Ihnen die Staatsbürgerschaft der Deutschen Demokratischen Republik inzwischen aberkannt."

„Was soll das heißen?" Aufgebracht springt Gunter auf.

„Mehr gibt es nicht zu sagen." Mit der Hand weist er zur Tür und beendet das Gespräch.

Völlig verwirrt stehen Gunter und Bärbel draußen in der kalten Winterluft. Es versteht sich von selbst, dass sie niemals ohne ihr Kind ausreisen. Sie hoffen, dass es trotz allem möglich ist, den Ausreiseantrag zurückzuziehen. Doch sie wissen es nicht. Sie wissen nur, dass es am Ende besser sein wird, wenn sie in einem Land bleiben dürfen, in dem sie seit mehr als vier Jahren nicht mehr leben wollen und in dem man ihnen solch einen unmenschlichen Vorschlag machte.

Freiberg - immer eine Reise wert

Freiberg ist meine Heimatstadt. Sie ist die älteste und bedeutendste Bergstadt Sachsens und hat den Beinamen Silberstadt. Denn vom 12. Jahrhundert an wurde hier Silber abgebaut, auch Blei und Zink. Die historische Altstadt ist von einer hohen Stadtmauer umschlossen und lebt von den kleinen verwinkelten Straßen und Gässchen, den Bürgerhäusern mit ihren hohen und steilen Dächern und ihren Marktplätzen.

Ich wuchs in Halsbrücke auf, einer Siedlung fünf Kilometer nordöstlich von Freiberg. Nahezu jeder aus dem Ort hatte mehr oder weniger mit dem Bergbau zu tun. Einer meiner Onkel schlug unter Tage das Erz aus dem Fels, ein anderer holte in den Edelmetallwerken das Silber direkt heraus und mein Vater war in der Hütte beschäftigt. Er schmolz Blei in lange Blöcke, eine körperlich anstrengende und vor allem giftige Arbeit, und fertigte außerdem wunderschöne Trinkbecher und Bergbaufiguren aus Zinn. Meine Mutter arbeitete als Erzieherin im Betriebs-Kindergarten.
Für uns Kinder war der Ort das wahre Paradies. Wir spielten in den Flusstälern der

Freiberger Mulde, der Münzbach oder dem roten Graben, dessen Wasser eigentlich gelb aussah. Das war ein Kunstgraben voller Sickerwasser aus den Bergbaustollen, das immer die gleiche Temperatur hatte und auch im Winter bei strengem Frost nie zufror. Die Jungs erkundeten gern die vielen Höhlen, denn nicht alle Mundlöcher der Stollen waren verschlossen. Wir Mädchen spielten lieber auf den Schachthalden, die meist von Büschen und Bäumen bewachsen waren. Hier konnte man sich wunderbar verstecken, ungestört lesen oder einfach die wunderschöne hügelige Umgebung betrachten.

„Glück Auf!" So hieß unser üblicher Gruß auf der Straße und in der Schule, der sich bis heute leider nur noch im Erzgebirge gehalten hat. Das Steigerlied lernten wir bereits im Kindergarten und es verschafft mir noch heute eine wohlige Gänsehaut, wenn ich es höre.

Als ich meine Schule beendete, endete auch der Bergbau, doch nicht die Verhüttung und Edelmetallverarbeitung und schon gar nicht die Traditionen. Es gibt in jedem Jahr zum Tag des Bergmanns ein großes Fest, zu dem mein Vater auf seiner Posaune mit dem Bergmanns-orchester aufspielte. Dann marschieren die

Berg- und Hüttenleute in ihren farbenprächtigen historischen Uniformen auf.

Am schönsten war und ist für uns Erzgebirger die Adventszeit. An den Sonntagen stieg mein Vater hinauf in den Turm des Rathauses und blies von dort oben erzgebirgische Weihnachtslieder, die über den gesamten Obermarkt hallten und eine feierliche Stimmung erzeugten. Jedes Dorf besitzt eine eigene meterhohe Pyramide (Peramed) und in fast jedem Fenster leuchten ab 16 Uhr die Schwibbögen. Meist sind es Bergmannmotive, seltener christliche. Die Stuben sind mit unzähligen Räuchermännchen und mit Schnitzwerk behangenen Tannenzweigen geschmückt und überall drehen sich die Pyramiden und duften Räucherkerzen.

Bereits 1765 wurde die Bergakademie, die älteste Montan-Universität der Welt, gegründet. Ich lernte dort im Wissenschaftlichen Informationszentrum (WIZ) Facharbeiter für wissenschaftliche Bibliotheken. Die Ausbildung fand ich hochinteressant und abwechslungsreich, denn aller vier bis acht Wochen lernte ich eine andere Abteilung kennen.

Von der Fernleihe ging es in den Lesesaal, weiter zur Titelaufnahme oder zum Versand. Spannend waren für mich in der Druckerei die Zuarbeiten für den Schriftsetzer, auch Bleisetzer genannt. Die fertigen Buchblöcke kamen in die Buchbinderei, wo von Hand die Einbände und somit das fertige Buch hergestellt wurde. Ich mochte den Geruch nach Leim. Im Fotolabor durfte ich Filme entwickeln, ganz neu für mich waren die bis dahin unbekannten Farbbilder. Vier Wochen blieben wir Lehrlinge jeweils im WIZ, vier Wochen in der Bibliotheks-schule Sondershausen in Thüringen.

Mittag gab es in der alten Mensa, die sich nur wenige Schritte entfernt in der Nähe des Obermarktes befand. Dort speisten fast ausschließlich Mitarbeiter, die Studenten hatten auf dem Gelände mit den vielen Fakultäten und ihren Hörsälen ihre eigene, in den 50er Jahren neu erbaute Mensa. Inzwischen gibt es längst einen neuen, ganz modernen Bau. Zu meiner großen Freude fanden in der alten Mensa Tanzveranstaltungen mit Musikgruppen statt. Dort lernte ich auch meinen Mann kennen, mit dem ich seit 1972 verheiratet bin.

Nach meiner Ausbildung arbeitete ich in der Bibliothek der Information und Dokumentation der Fakultät Markscheidewesen.

Mein Mann half während seines Studiums im Bergbau- und Hüttenkombinat bei der Erz-verhüttung aus und erhielt anschließend eine feste Anstellung.

Um die gesamte Innenstadt zieht sich eine Stadtmauer, die leider nur noch stückweise erhalten ist. Von den 41 hohen Türmen sind meines Wissens nur noch fünf sehr beeindruckende zu bestaunen. Statt eines Wassergrabens führt ein Weg zwischen uralten hohen Laubbäumen um den Altstadtkern herum. Ich gehe gern dort spazieren und benötige eine reichliche Stunde zum Umlaufen. Der Weg führt an mehreren Teichen vorbei. Auf einem dieser Teiche ist ein kleines Schloss aus Holz gebaut, das Schwanenschlösschen. Schon früher war es ein Café. Und auf einer kleinen Bühne zwischen den Bäumen am Teich spielte eine Kapelle zum Tanz auf. Man spaziert mitten durch den wunderschönen Scheringer Park mit kleinen Pavillons, einem großen Spielplatz, herrlichen Rotbuchen und einem üppig mit Blumen umrandeten Springbrunnen.

Weltberühmt ist Freiberg für seine einzigartige Mineraliensammlung, die terra mineralia, die im Schloss Freudenstein auf 1.500 Quadratmetern ausgestellt ist. Die Mineralien und Edelsteine befinden sich in Vitrinen und erstrahlen direkt in einer besonderen Beleuchtung, während die Gewölbe selbst dunkel gehalten werden.

Das Freiberger Stadttheater ist das älteste

Bürgertheater der Welt und wird wegen seiner pompösen Einrichtung die kleine Semperoper genannt.

Der Dom am Untermarkt bildet das Wahrzeichen und das bedeutendste Bauwerk der Stadt. Er besitzt eine wunderschöne Bergmannskanzel und eine berühmte Silbermannorgel. Diese Orgel ist allerdings nicht aus Silber. Sie heißt so, weil der Baumeister den Namen Silbermann trägt. Seit mehr als 300 Jahren erklingen die Pfeifen der berühmtesten Barockorgel in Gottesdiensten und Konzerten - sie soll das wertvollste Instrument der Welt sein.

Direkt neben dem Dom gibt es das einzigartige Bergbaumuseum, das bereits vor 160 Jahren gegründet wurde.

Mein Schwiegervater arbeitete im nahen Naturkundemuseum, das ebenfalls ganz unter dem Einfluss des Bergbaus steht. Er war Maler und für das Auszeichnen und Beschriften der vielen Ausstellungsstücke, einheimische Tiere und Mineralien, zuständig.

Der Untermarkt ist bei den Freibergern und seinen Gästen sehr beliebt wegen seiner vielen Cafés und Kneipen, die sich in der Meißner Gasse dicht an dicht drängen.

Erwähnen muss ich wohl auch meine

Schwiegermutter, die als Hebamme vielen kleinen Freibergern auf die Welt half.

Lustig finde ich auch die Bierführung unter dem Motto: „Hopfen und Malz – Freiberg erhalt´s!" Bereits seit dem 13. Jahrhundert wird in Freiberg Bier gebraut. Die Führung endet im Gasthof der ehemaligen Brauerei.
Weithin bekannt ist auch die Freiberger Magenwürze, ein wohlschmeckender dunkler Kräuterlikör.
Mutige können in das Silberbergwerk Reiche Zeche einfahren und sich 150 Meter mit einem Förderkorb in die Tiefe herablassen. Tief unter der Erde gibt es unzählige Wege und Führungen von einer Stunde bis zu sechs Stunden Dauer. Man spaziert unter dem Obermarkt und sogar unter der Mulde entlang.
Einzigartig ist die Gewinnung von Rohluft für das Krankenhaus aus einem Bergbaustollen unter Tage. Damit werden bestimmte Hausbereiche, sogar die Operationssäle, beheizt, gekühlt oder befeuchtet.

Und wer in Freiberg noch nicht genug vom Silber hat, der benutzt die wunderschöne Silberstraße durchs Erzgebirge nach Marienberg, Annaberg, Schwarzenberg, Schneeberg bis hinüber ins Böhmische.

Besuch zu Weihnachten

Heute kommt meine Tochter Sabine. Ich freue mich auf sie. Noch mehr freue ich mich auf die kleine Lisa. Das Mädchen ist inzwischen drei Jahre alt und oft bei mir, denn sie wohnen in Freiberg, kaum vierzig Kilometer von meinem Wohnort entfernt. So kann mich Sabine schnell mal anrufen, wenn ich die Kleine aus dem Kindergarten abholen oder über Nacht behalten soll. Manchmal gelingt es mir allerdings nicht, kurzfristig freizunehmen, wenn mich Sabine braucht, weil ich in der Sparkasse arbeite und erst jemanden finden muss, der meinen Dienst übernimmt. Nur Mittwochs und Freitags schließen wir bereits zum Mittag.

Sabine geht zwar nicht arbeiten, hat aber viele Verpflichtungen. Sie singt in einem Chor, bastelt in der Kirchengruppe und pflegt einen sehr großen Freundeskreis. Sabines Freund arbeitet von zu Hause aus. Er ist Blogger und betreibt eine Youtube-Seite, wofür er ungestört arbeiten muss. So richtig kann ich mir allerdings nicht vorstellen, wie man damit Geld verdient. Doch das muss ich auch nicht. Hauptsache, sie kommen zurecht.

Dieser Freund kommt nicht mit hierher, denn er

besucht sein Kind aus einer früheren Beziehung, das ausgerechnet heute am Weihnachtstag Geburtstag hat. Deshalb kann er Sabine und Lisa nicht zu mir bringen. Ich hole die beiden ab, weil Sabine die Strecke mit dem Kind im Auto nicht allein fährt. Ich verstehe das, denn sie hat immerhin eine große Verantwortung und kann sich nicht gleichzeitig auf Lisa und die Straße konzentrieren.

Wenn wir zurück sind, können wir uns gleich an den gedeckten Kaffeetisch setzen, denn ich habe bereits alles gut vorbereitet. Lisa mag keinen Stollen. Deshalb habe ich Kekse für sie gebacken.

Auch mein Sohn kommt heute mit seiner Frau und allen drei Kindern. Die Älteste ist nicht von ihm, aber die zwei kleinen Jungs. Ich liebe sie sehr, auch wenn ich nicht alles verstehe, was sie erzählen, weil ihre Mutter Maylin nur Thai mit ihnen spricht. Das ist in Ordnung, denn es heißt schließlich Muttersprache. Die Große heißt Tamika, beherrscht die deutsche Sprache akzentfrei und ist ein ruhiges und verständiges Mädchen. Als vor fünf Jahren Pana geboren wurde, hielt ich das Baby anfangs für ein Mädchen, doch Pana ist ein beliebter Jungenname in Thailand. Während der ersten drei Jahre verstand ich das Kind überhaupt nicht. Das hat sich erst geändert, als es in den Kindergarten kam. Inzwischen gibt es noch den kleinen Niti. Die Jungs toben und springen meist durchs ganze Haus. Ich habe immer Angst, dass der kleine Niti die Treppe hinunter stürzt, doch mein Sohn meint, er müsse seine Erfahrung selbst machen und ich sei überängstlich. Doch ich könnte es mir nie verzeihen, wenn einem meiner Enkel ausgerechnet in meinem Haus etwas schlimmes zustößt und sie sich verletzen.

Maylin ist eine sehr liebevolle Mutter. Sie lächelt viel, nur ist ihr Deutsch so schlecht, dass man sie kaum versteht, obwohl sie schon länger als zehn Jahre in Ingolstadt lebt. Sie kocht leidenschaftlich gern, natürlich immer asiatisch. Von meinem Fleisch probiert sie, auch vom Gemüse, doch Kartoffeln mag sie nicht. Ich koche deshalb immer extra Reis für sie, auch am Abend, weil sie und die Kinder kein Brot essen. Wenigstens mag der kleine Niti gern Wurst und Käse. Andreas hat mir erklärt, dass für die Thais das Essen am allerwichtigsten im Leben ist. Deshalb kochen sie den ganzen Tag und es riecht überall nach ihren ungewöhnlichen Gewürzen. Wenn sie nicht essen, reden sie übers Essen und man muss solch ein Gespräch sehr ernst nehmen.

Als ich mit Sabine und Lisa ankomme, ist Andreas mit seiner Familie bereits im Haus. Die Jungs toben im Keller und Tamika begrüßt uns artig. Maylin steht in der Küche und kocht. Sie bringt ihre Speisen und Gewürze gern mit. So habe ich weniger Arbeit, muss allerdings auf mein geliebtes, traditionelles Weihnachtsmenü verzichten.

Anfangs hat es mich immer geärgert, dass Maylin ständig in meiner Küche irgend etwas klein schnitt. Gemüse und Fleisch wird in winzige kleine Häppchen zerteilt, als wäre alles für ein kleines Kind, das noch nicht mit Messer und Gabel umgehen kann. Sie verbraucht unzählig viele Töpfe, Pfannen, Schüssel und Teller und ich habe hinterher eine Menge Arbeit, meine Küche wieder in Ordnung zu bringen. Doch heute sage ich mir, Hauptsache, die Kinder fühlen sich wohl. Ich will keinen Streit. Seit mein Mann nicht mehr lebt, ist es mir ohnehin nicht mehr so wichtig.

Sabine ernährt sich vegan. Auch die kleine Lisa darf nichts tierisches essen. Ich habe im Internet nachgelesen und herausgefunden, dass der menschliche Magen unbedingt Fleisch benötigt, das vor allem für das Gehirn wichtig ist. Schon vegetarische Kost sei auf Dauer nicht gut, vor allem nicht für Kinder und

Jugendliche. Doch Sabine ist überzeugt davon, alles richtig zu machen. Sie bringt immer spezielle vegane Nudeln, eine Art Knäckebrot und Aufstriche mit.

Pana setzt sich an den Tisch. Sofort stößt ihn Lisa grob vom Stuhl und schreit: „Das ist *mein* Platz!"

„So etwas macht man nicht!", tadle ich und weiß im gleichen Moment, dass Sabine sauer auf meine Worte reagieren wird. Sie hält nichts von Erziehung und meint, das sei reine Gewalt. Die Kinder könnten sich nicht frei entfalten, weil sie ständig korrigiert und eingeengt werden. Für mich ist Erziehung Liebe.

Sabine schaut mich böse an und faucht: „Lass sie machen! Ich finde es gut, wenn Lisa weiß, was sie will."

Auch Pana weiß, was er will und haut Lisa auf den Kopf. Die Kleine schreit auf. Es klingt eher wütend als klagend. Sabine nimmt sie sofort in den Arm, schaukelt sie hin und her und flüstert: „Du wolltest auf deinem Stühlchen sitzen?"

„Nein!", schreit Lisa und schlägt nach ihrer Mutter.

„Dann darf Pana dort sitzenbleiben?"

„Nein! Mein Stuhl!"

„Ja, das ist dein Stuhl, mein Schatz. Soll Pana woanders sitzen?"

Das ist wieder einmal typisch Sabine! Es ist nur wichtig, was ihre kleine Prinzessin will - die Wünsche der anderen zählen nicht.

Lisa antwortet nicht, windet sich aus Sabines Armen und klettert auf die Anrichte. Dort stehen meine Räuchermänner und die Pyramide. Sabine wirft mir sofort einen strengen Blick zu. Soll ich etwa meine Weihnachtsdekoration entfernen? Noch ehe ich reagieren kann, hat Sabine mit flinker Hand alles zur Seite geschoben.

„Bring mal eine Kiste für das Zeug!", ruft sie mir zu.

„Ich finde das nicht richtig von dir. Du musst dem Kind Grenzen setzen! Jedes Kind braucht Regeln", wende ich leise ein.

„Es ist mein Kind. Ich weiß am besten, was gut für es ist."

Das bezweifle ich, denn sie behandelt Lisa, als wäre sie das Zentrum des Universums, um das sich alles andere dreht. Das kann nicht lange gut gehen. Wenn man ein Kind zu sehr verwöhnt, beschränkt man seine Lernmög-lichkeit. Deshalb bin ich ganz froh, dass Lisa in den Kindergarten geht. Dort darf sie zwar ebenfalls machen, was sie will, doch gibt es schon allein wegen der vielen anderen Kinder Einschränkungen. Ich verkneife mir eine Antwort. Sabine ist eine hochfahrende Person,

167

die schnell in Wut gerät und allen heftig über den Mund fährt. Ihr macht es nichts aus, wenn sie allen anderen die Stimmung verdirbt.

Tamika, Maylin und Andreas nehmen sich Stollen, Sabine gibt Lisa einen ihrer mitgebrachten Kekse in die Hand.
„Ich habe extra gebacken!", sage ich und zeige mit der Hand auf die Keksschale, die von den Jungs schon geplündert wird.
„Da ist doch bestimmt Zucker drin!", vermutet Sabine.
Ich nicke beschämt. Daran hatte ich gar nicht gedacht, dass die Kleine keinen Zucker essen soll und auch keine Hefe. Zucker wird aus Rüben gemacht, wächst also ebenso auf dem Feld wie Gemüse und Getreide. Sabine kauft sogar nur veganes Brot, als ob im Mehl Tierisches enthalten wäre.
Lisa wirft den Keks auf den Boden und schaut ihre Mutter herausfordernd an. Würde sie meine Kekse auf den Boden werfen, müsste sie sie sofort wieder aufheben. Doch in Sabines Gegenwart hat es keinen Sinn, Lisa zur Ordnung zu rufen. Also bitte ich meine Tochter: „Hebe das bitte auf!"
„Möchtest du keinen Keks, Schatz?", fragt sie freundlich ihre Tochter, lässt aber den Keks auf dem Boden liegen.

Lisa zeigt mit dem Arm auf Pana, der sich bereits das dritte Stück Schokolade in den Mund schiebt.

„Das ist ganz doll ungesund, mein Herz. So etwas essen wir nicht."

Das Herz haut nach der Mutter und kippt dabei sein Wasserglas um. Sicher hätte es auch lieber Kakao getrunken wie Andreas Kinder. Doch Sabine hält auch Milch für ungesund. Sie schaut innig verliebt auf ihre Tochter, während ich schnell aufstehe und den Lappen hole.

Kaum sitze ich wieder am Tisch, will sich Lisa an meinem Roch hochziehen und zu mir auf den Schoß kriechen.

„Meine Oma!", schreit sie und schaut die Jungs triumphierend an.

„Ja, das ist deine Oma", bestätigt Sabine lächelnd.

„Aber ich bin auch die Oma von Pana, Niti und Tamika."

„Nein!", schreit Lisa.

„Jetzt möchte ich in Ruhe Kaffee trinken und Stollen essen", sage ich und stelle die Kleine nach unten.

Sofort tritt sie mit ihrem Fuß nach meinen Beinen. Ich schiebe sie so weit zurück, dass sie mit ihren kleinen Beinen mich nicht mehr erreicht und sage: „So etwas tut man nicht."

169

Sabine springt auf, reißt ihre Tochter in ihre Arme und wirft mir bitterböse Blicke zu.

„Willst du der Oma etwas sagen, mein Schatz? Du hast doch einen Mund und kannst ihr sagen, was du gern möchtest."

„Nein!", schreit Lisa.

Ich sehe, wie Andreas seinen Jungs zublinzelt, während sich Tamika erschrocken die Hand vor den Mund hält. Die Jungs sind zwar sehr laut und lebhaft, doch bei Tisch wissen sie sich zu benehmen, Tamika sowieso.

„Ihr könnt heute Nacht meine Schlafstube haben. Für den Kleinen habe ich das Bettchen aufgestellt, die beiden Großen dürfen in dein früheres Kinderzimmer", lenke ich ab und schaue Andreas dabei an.

„Nein!", schreit Lisa. „Mein Bett!"

„Du schläfst heute zusammen mit der Mama in Mamas Kinderzimmer. Das kennst du doch."

„Nein!"

„Wir können tauschen!", schlägt Sabine vor.

„Wieso?"

Lachend schüttelt Andreas den Kopf und tippt sich mit dem Finger an die Stirn.

Doch Sabine ist bereits die Treppen hinauf gelaufen und begutachtet die Zimmer.

„Ich nehme Mellis Zimmer!", höre ich sie rufen.

Dort wollte eigentlich ich schlafen. Sabine sollte

mit Lisa in ihrem Zimmer bleiben, wo ich extra das Kinderbett aufgestellt habe.

„Kommt Melli nicht?", will Andreas wissen.

„Nein." Ich schüttle den Kopf. „Melanie feiert am 24. allein mit ihrem Mann und den Kindern."

„Melli nich hiea?", wundert sich Maylin. „Musa aba bei Familia sai."

Ich finde es gut, dass Melanie den Weihnachtsabend allein mit ihrer Familie verbringt. Das habe ich früher auch immer so gehalten. Außerdem habe ich genug Trubel hier im Haus.

Ich höre Sabine oben in den Zimmern rumoren. Es klingt, als ob sie Möbel rückt. Doch ich mag jetzt nicht hochgehen. Sollen sich die Kinder einigen wie sie wollen. Mir reicht es, dass ich acht Betten frisch beziehen und auch sonst allerhand vorbereiten musste. Beim Einkaufen und Putzen hilft mir auch keiner. Sabine poltert die Treppe hinunter. Sofort hängt Lisa an ihrem Rockzipfel und schreit: „Melli kommt nicht, kommt nicht, kommt nicht!"

„So eine Kuh!", schimpft Sabine. „Da kommen wir extra hierher und die feine Dame hält es nicht für nötig, zusammen mit ihrer Familie zu feiern. Immer braucht diese Trulla eine Extra-Wurst."

„So eine Kuh!", schreit Lisa.

„So etwas sagt man nicht!", belehre ich das

Kind.

„Doch! Mama sagt das auch."

Damit hat sie allerdings recht. Mich ärgert, dass Sabine kein Wort darüber verliert. Am liebsten hätte ich ihr jetzt gesagt, dass sie gar nicht hier wäre, wenn ich sie nicht geholt hätte.

„Du wirst mit deiner Erziehung, die gar keine ist, noch dein blaues Wunder erleben!", kündigt Andreas an.

Das ist mir schon lange klar, doch ich sage lieber nichts dazu.

Stattdessen verkünde ich feierlich: „Melanies Kinder treten morgen in der Stadthalle auf. Sie hat für euch Freikarten besorgt."

„Wir fahren schon nach dem Mittagessen zurück", sagt Andreas etwas kleinlaut.

Das überrascht mich jetzt, denn eigentlich wollten alle beide Feiertage bei mir verbringen. Ich habe extra allerhand eingekauft und vorbereitet. Mir rutscht ein „Warum?" heraus.

„Maylins Schwester hat uns eingeladen."

Ich nicke, verstehe aber nichts, denn Maylins Schwester wohnt im gleichen Haus wie sie. Sie sehen sich also täglich. Warum also muss Andreas mit seiner Familie ausgerechnet schon morgen zurück? Ich habe mich so auf zwei schöne Tage mit ihm und den Kindern gefreut. Doch ich bleibe ruhig. Schließlich kann ich nicht über die Zeit meiner Kinder verfügen und muss froh sein, dass sie bei all ihrer Arbeit überhaupt die weite Strecke von fast 350 Kilometern auf sich nehmen.

„Das Konzert ist am Vormittag, zehn Uhr."

„So zeitig? Da müssen wir arg früh aufstehen."

Ich nicke Andreas freundlich zu. Doch innerlich glaube ich nicht daran, dass er rechtzeitig aus den Federn findet. Bei mir daheim verwandelt er sich in ein verwöhntes Kind, das seiner Mutter die Arbeit und seine Kinder überlässt.

Melanie unterscheidet sich in jedem Punkt von ihren Geschwistern, schon äußerlich. Wir sind alle blond, auch mein Mann war blond und hatte wie wir glatte Haare, Melanie dagegen dunkelbraune Locken. Im Internet habe ich gelesen, dass Melanie die Schwarze, Dunkle bedeutet, und mich im Nachhinein gefreut, ihr zufällig den passenden Namen gegeben zu haben. Sie sieht haargenau so aus wie meine Schwester. Wenn wir zusammen ausgehen, halten die Leute Melanie für Monikas Tochter. Auch vom Wesen her gleicht sie eher meiner Schwester als mir.

Melanie hat einen argentinischen Pianisten geheiratet. Er heißt Jorge. Jahrelang begleitete sie ihn zu seinen vielen Konzerten auf der ganzen Welt. Doch seit sie Kinder haben,

173

reisen sie nur noch selten. Sie spielt ebenfalls Klavier. Ich weiß nicht, woher sie dieses Talent hat, denn keiner aus unserer gesamten Familie ist Musiker. Sie ist Musiklehrerin und überwacht die täglichen Übungsstunden ihrer Kinder. Martina ist acht Jahre alt, Valentin bereits zehn. Beide spielen Klavier, Martina zusätzlich Geige und der Junge Oboe. Die Kinder gewannen schon viele Preise bei Talent-Wettbewerben und treten häufig gemeinsam auf. Morgen spielen sie im kleinen Saal der Chemnitzer Stadthalle vor fünfhundert geladenen Gästen.

„Ah, die Wunderkinder stehen wieder einmal im Mittelpunkt", bemerkt Sabine boshaft.
Schon als kleines Mädchen wachte sie eifersüchtig darüber, nicht zu kurz zu kommen und forderte unentwegt die volle Aufmerksamkeit. Zum Glück war Melanie ein stilles Kind, das sich lieber in seinem Zimmer verkroch statt im Mittelpunkt zu stehen.
„Und so gut erzogen!", ergänzt Andreas nicht weniger bissig.
„Gedrillt trifft es wohl eher", giftet Sabine. „Die Bälger funktionieren wie Zirkustiere."
Andreas tippt mit dem Finger an seine Stirn und meint: „Du bist doch nur neidisch."
Lisa hat ihren Pulli und die Hose ausgezogen und saust in Schlüpfern durch die Stube. Mir

gefällt das nicht. Mit drei Jahren kann man am Tisch sitzen bleiben und vor allem läuft man nicht nackt herum. Ich seufze. Es hat keinen Zweck, etwas zu sagen, obwohl es mein Tisch und meine Stube ist und ich ein bestimmtes Grundbenehmen erwarte.

„Nein", sage ich sehr bestimmt. „Melanies Kinder werden zu nichts gezwungen. Sie haben Freude am Musizieren, sie machen das freiwillig."

„Das glaubst auch nur du!" Sabine lacht gehässig.

Mit einem strengen Blick weise ich sie zurecht, doch sie schaut ihren Bruder an und lacht.

„Dürfen wir aufstehen?", fragt Pana.

Maylin nickt und sagt etwas in ihrer Sprache. Sofort rutscht der kleine Niti vom Stuhl und direkt unter den Tisch. Dort legt er sich auf den Bauch und schmiert sicher Schokolade an meinen Teppich. Melanies Kinder waschen sich vor und nach dem Essen ganz ohne Ermahnung die Hände. Ich bewundere die beiden sehr, denn sie spielen nicht nur jeweils zwei Instrumente, sondern sprechen sogar mehrere Sprachen.

„Normal ist das jedenfalls nicht, wenn so kleine Kinder mehrere Sprachen sprechen", sagt Sabine.

„Mai Kinda au swai Spracha spreche. Das gutt",

erklärt Maylin.

Ich stimme ihr zu, während Sabine nur albern kichert.

Andreas ergänzt: „Und Tamika lernt schon Englisch in der Schule."

„Je früher die Kinder Sprachen lernen, umso besser", sage ich.

„Mit Deutsch sollten sie anfangen", giftet Sabine garstig.

Martina und Valentin sprechen spanisch mit ihrem Vater und lernen außerdem noch Italienisch, weil das ihrer Meinung nach die Sprache der Musik ist. In Italien gibt es sicher fast ebenso viele berühmte Komponisten wie in Deutschland. Das behalte ich lieber für mich, um Sabine nicht zu weiteren boshaften Bemerkungen zu reizen. Mir gefällt es, dass es im Haus meiner ältesten Tochter eindeutige Regeln gibt, an die sich jeder zu halten hat.

Am Abend gebe ich vier Paar Wiener in heißes Wasser und stelle meinen traditionellen Kartoffelsalat auf den Tisch. Es ist eine kleine Schüssel, denn nur Andreas, Tamika und ich werden davon essen. Maylin hat einen riesigen Topf Duftreis und eine große Pfanne gemischtes Gemüse gekocht. Der Duft ihrer Gewürze zieht durch meine Wohnstube. Ich mag ihr Essen gern, doch am Weihnachtsabend gehört für mich Kartoffelsalat unbedingt dazu.

Die Kinder zappeln ungeduldig mit den Füßen, sie wollen endlich ihre Geschenke. Ich beeile mich mit dem Essen, damit sie nicht noch länger warten müssen.

„Darf ich aufstehen und vor die Tür schauen?", will Pana wissen.

„Ja, ja, ja!", schreit Niti und flitzt an die Haustür.

„Nichts!", rufen sie wie aus einem Mund.

Ich hatte ihnen erklärt, dass der Ruprecht entweder klingelt oder einfach den Sack mit allen Geschenken vor die Tür stellt.

„Wieso weiß der Weihnachtsmann, dass wir bei dir sind, Omi?"

„Der weiß alles. Der weiß auch, ob du brav bist."

„Nua blawe Kinda bekommen", erklärt Maylin.

„Lisa kriegt nichts. Die haut mich immer", beklagt sich Tana.

„Nein!", schreit Lisa und haut Tana ihre Puppe auf den Kopf.

Schnell nehme ich ihr das Spielzeug aus der Hand, während sie mit ihren Füßen um sich tritt. Sabine hockt sich neben ihre Tochter, nimmt sie in den Arm und redet leise auf sie ein. Doch Lisa windet sich aus der Umklammerung und schreit immerzu: „Nein! Nein!"

Ich seufze. Solch eine Trotzphase sollte

177

spätestens mit dem zweiten Lebensjahr beendet sein. Lisa wird bald vier. Vermutlich ist sie völlig verunsichert, weil ihre Mutter keine Regeln aufstellt. So weiß sie nie, was sie darf und was nicht. Mir tut sie leid. Wenn ich allein mit ihr bin, stellt sie sich nicht so an. Dann ist sie einfach meine süße kleine Maus, die ich unendlich gern habe.

Endlich finden die Kinder den Sack vor der Tür. Es ist ein wahrhaft riesiger Sack, in den nicht einmal alle Geschenke hinein passten, denn einige Pakete liegen noch daneben. Ich habe mich in diesem Jahr zurückgehalten und nur die Kleider besorgt, die die Eltern der Kinder wünschten. Spielsachen bekommen sie von ihnen mehr als genug, was ich für völlig überzogen halte.

Der kleine Niti sitzt zwischen einem großen Bagger aus Plastik und einer ausgeschütteten Werkzeugkiste. Lisa beachtet ihren Arztkoffer nicht mehr, nachdem sie alle Teile kreuz und quer durch die Stube schmiss und fährt mit ihrem Laufroller gegen die Schränke.

„Sabine, bitte sei so gut und stelle das Rad in den Flur! Am besten, du packst es gleich ins Auto."

„Auto? Habe ich Auto gehört? Habe ich ein Auto hier?"

„Nein! Nein!", schreit Lisa und klammert sich kreischend am Lenker fest.

Pana baut ganz beeindruckt an einem Riesenkran mit Fernsteuerung und versteckt eine Feuerwehr aus Blech unter seinen Beinen, wobei er Lisa nicht aus den Augen lässt. Seine Vorsicht ist begründet, denn das Mädchen stürzt sich unvermittelt auf die Spielsachen der anderen Kinder.

Tamika kuschelt sich in eine blaugrüne Decke, die einen Schwanz wie eine Meerjungfrau hat und blättert in einem Buch. Entsetzt sehe ich, dass neben ihr ein Set mit verschiedenen Nagellackflaschen steht. Andreas folgt meinem Blick und erklärt lachend: „Das sind Textmarker, die nur so aussehen, als wäre es Nagellack."

„Bitte bringt eure Kinder ins Bett! Ich werde hier schnell noch Ordnung schaffen."

„Nein! Oma soll mich ins Bett bringen", bestimmt Lisa.

„Ich habe zu tun, die Mama bringt dich ins Bett."

„Bist du müde, Schatz?", fragt Sabine.

„Nein!", schreit die Kleine.

„Was möchtest du denn, mein Engel?"

„Raus! Ich will auf den Spielplatz."

„Draußen ist es kalt. Da musst du deinen Pulli, die Hose und die warme Jacke anziehen."

179

„Nein!"

Mir geht dieses Nein-Geschreie auf die Nerven. Außerdem ist es längst 21 Uhr und für so kleine Kinder höchste Zeit zum Schlafengehen. Allerdings weiß ich, dass Sabine Lisa nicht ins Bett bringt, sondern wartet, bis sie das selbst möchte. Am liebsten hätte ich ihr jetzt meine Meinung gesagt und zwar deutlich. Doch sie ist erwachsen und glaubt ohnehin, alles richtig zu machen.

Tamika und die Jungs geben mir einen Gute-Nacht-Kuss und verschwinden lautlos.

Andreas mixt sich einen Gin Tonic und öffnet eine weitere Flasche Bier. Sabine schaut in meinen Schrank und fragt: „Hast du keinen Roibush-Tee?"

„Nein", antworte ich. Ich habe keine Ahnung, was das sein soll.

„Auch keinen grünen Tee?"

„Nur schwarzen und das, was da ist."

Sabine hat offenbar gefunden, was sie sucht, denn ich höre den Wasserkocher blubbern.

Ich staple die vielen Teller und Gläser in die Spülmaschine und wasche die Töpfe und Pfannen ab, Maylin trocknet das Geschirr mit einem Tuch und räumt ihre Dosen und Schachteln beiseite. Dann legen wir das viele Papier zusammen, das sich bergeweise auf dem gesamten Teppichboden verteilt.

Eigentlich bin ich hundemüde, doch ich setze mich zu meinen Kindern und höre ihren Gesprächen zu. Endlich kann ich in Ruhe meinen Wein trinken und lächle vor mich hin, weil mir einfällt, wie mir Sabine das Glas vorhin aus der Hand riss und streng sagte: „Nicht vor den Kindern!" Das ging mir dann doch zu weit und ich nahm mir mein Getränk zurück.

Lisa ist inzwischen unter dem Tisch eingeschlafen und ihre Mutter trägt sie nach oben ins Bett.

„Oma!", schreit Lisa am nächsten Morgen und kriecht zu mir ins Bett.

„Nicht so laut!", flüstere ich und lege meinen Finger an den Mund. „Die anderen schlafen noch."

Es ist noch nicht einmal sieben Uhr. Ich lege meine Arme um die Kleine und merke, dass sie eiskalt ist. Vermutlich hat sie so nackt wie sie ist, im Wohnzimmer gespielt, ganz sicher mit den Weihnachtsgeschenken der Jungs.

„Komm, die Oma macht dich ganz schnell warm!"

Darauf folgt nicht das übliche *Nein*. Doch Zeit zum Kuscheln bleibt nicht, denn Niti wirft sich mit Schwung auf meine Bettdecke.

„Meine Oma!", schreit Lisa sofort.

„Scht! Nicht so laut! Die Oma erzählt euch jetzt

eine Geschichte und dann baden wir."

Sofort ist Ruhe. Lisa kuschelt sich an meine linke und Niti an meine rechte Seite. Ich erfinde eine Geschichte von einem kleinen Mädchen, das sich verlaufen hat und von einem Jungen gefunden und nach Hause gebracht wird.

„Ich war das!", ruft Niti. „Ich bin ein Retter. Ich rette alle Leute und passe auf, dass sich keiner verirrt. Ich bin stark."

„Nein!", schreit Lisa.

„Jetzt wird gebadet!", ordne ich an.

Ich lasse Badewasser in die Wanne und hebe die zwei kleinen Streithähne hinein. Sie spritzen sich gegenseitig voll und schnell ist der gesamte Fliesenboden nass. Nach dem Abduschen wickle ich die Beiden in große Badetücher und übergebe sie ihren Müttern. Die hatten am Abend nicht mehr daran gedacht, frische Kleider herauszulegen, also müssen sie sich wohl oder übel jetzt kümmern.

Inzwischen sitzen Pana und seine große Schwester in der Wanne, die zum Glück allein zurecht kommen.

Für mich bleibt nur Zeit für eine kurze Katzenwäsche, denn ich muss schnell das Frühstück zubereiten. Ich bin froh, dass der Bäcker an den Feiertagen geschlossen hat, sonst müsste ich noch schnell mit dem Rad hinfahren und frische Brötchen besorgen. Die Kinder mögen zum Glück Toast und Andreas aufgebackene Brötchen. Er hat den Toaster mitten auf den Tisch gestellt, damit ich nicht ständig hin und her laufen muss. Pana möchte sein Ei nicht gekocht, sondern gebraten, Maylin bevorzugt Rührei. Sie hat Fisch auf den Tisch gestellt, was für mich zum Frühstück recht ungewöhnlich ist.

„Ich will auch ein Ei!", schreit Lisa, doch das erlaubt Sabine nicht.

Während alle frühstücken, lese ich Lisa aus einem Buch vor, damit sie die anderen nicht beim Essen stört. Ich kann schließlich hinterher, wenn sie aus dem Haus sind, eine Scheibe Toast in Ruhe essen.

Pünktlich neun Uhr machen sich alle auf den Weg zur Stadthalle und ich räume den Tisch ab. Dabei nasche ich schnell je eine Scheibe Schinken und Käse. Mein Ei hat Andreas gegessen.

Eigentlich wollte ich Haare waschen, doch dazu bleibt keine Zeit. Außerdem zieht der Bratenduft ins Haar, was ich ohnehin nicht mag. Andreas will pünktlich 13 Uhr essen, damit er anschließend losfahren kann. Die Jungs könnten während der drei Fahrstunden schlafen.

Ich habe Entenkeulen und -brüste besorgt und bereits vorgestern angebraten. Im Internet hatte ich das Rezept für eine thailändische Honigsoße herausgesucht, doch Maylin hat die Soße und auch das Gemüse mitgebracht. Für Andreas besorgte ich eine Hasenkeule. Klöße essen alle nicht gern, also wird es Reis geben. Wenn das Sabine nicht passt, muss sie ihre veganen Nudeln aufwärmen.

Kurz nach 13 Uhr poltern alle Sieben gleichzeitig ins Haus.

„Sieben auf einen Streich!", begrüße ich sie lachend. „Schön, dass ihr pünktlich seid, das Essen ist bereits fertig."

„Müssen laich fahn, nich essen."

Bestürzt schaue ich Maylin an. „Aber ich habe alles fertig. Der Tisch ist gedeckt. Wir können anfangen."

Die Jungs sitzen am Tisch und klopfen mit dem Besteck auf die Teller. Sabine rumort oben im Zimmer und kommt mit ihrer Tasche und Lisa im Schlepptau zurück.

„Papa kommt!", schreit Lisa.

„Fein! Dann kann er gleich mitessen", sage ich geistesgegenwärtig.

Sabine wirft mir einen tadelnden Blick zu. „Etwa Fleisch?", fragt sie verächtlich.

Sie küsst mich flüchtig auf die Wange und

rauscht davon. Ihr Freund scheint schon draußen im Auto zu warten, ohne dass ich ihm ein frohes Fest wünschen kann.

Ich sitze mit Andreas Familie am Tisch und helfe den Kindern, sich Fleisch, Gemüse und Reis aufzutun. Doch sie stochern nur auf ihren Tellern herum. Nicht einmal Andreas rührt seine Hasenkeule an, auch Tamika zeigt wenig Appetit. Habe ich falsch gewürzt? Ich koste die Soße und finde, dass alles in Ordnung ist.

„Was ist los?", will ich schließlich wissen.

„Müssen fahn", sagt Maylin.

„Aber doch nicht, ohne vorher zu essen."

Tamika senkt den Kopf und flüstert: „Wir haben beim Thai gegessen."

Entsetzt schaue ich sie an. Ich kann gar nichts sagen. Was wird nun mit all dem Fleisch? Und mit der Torte fürs Vesper?

„Kannst mir die Keule einpacken!", sagt Andreas. „Und die Entenbrust für Maylin."

„Nai, blauche nich", wehrt Maylin ab.

Schnell wickle ich die Hasenkeule in eine Folie und lege sie auf eine der Taschen. Doch was mache ich mit all dem anderen Fleisch? Ich mag es nicht einfrieren, weil das den Geschmack verdirbt. Doch mir wird nichts anderes übrig bleiben, wenn ich es nicht wegwerfen will. Kann man Reis einfrieren? Maylin weiß das nicht.

Ehe ich zur Besinnung komme, sind alle verschwunden und ich sitze allein am Tisch voller Teller, Schüsseln und Gläser und weiß nicht, was ich machen soll.

Der Chemnitzer Weihnachtsmarkt

Advent. Diese Zeit bringt eine ganz besondere Stimmung hier bei uns im Erzgebirge – dem Weihnachtsland. In jedem Haus, in jedem Laden und jedem Büro duftet es nach Räucherkerzen. Ich mag am liebsten die grünen Kerzen mit Tannenduft. Zu jedem Vesper mit Kaffee und Stollen zündet mein Mann eine solche Räucherkerze an, die aus dem Mund eines Räuchermännchens seinen Duft verbreitet. Unsere ganze Wohnung ist weihnachtlich geschmückt, besonders natürlich die Stube. Dort sind unsere vielen Räuchermännchen, Nussknacker und die große Bergmannpyramide aufgebaut. Auf dem kleinen Couchtisch stehen auf einer bestickten Weihnachtsdecke der Adventskranz und die kleine Pyramide. Ein riesiger Strauß aus Tannenzweigen ist mit roten Kugeln und kleinen Holz- und Zinnfiguren geschmückt.
Pünktlich um 16 Uhr schaltet mein Mann die Schwibbögen und Sterne in unseren Fenstern an. Wir bevorzugen wie die meisten Leute in unserer Gegend Motive aus dem Bergbau: Bergleute mit ihren typischen Werkzeugen und Laternen, der Holzschnitzer und die Klöpplerin.

Oder es sind Motive aus dem Wald mit Bäumen, Häusern, Tieren, Kindern und Schneemännern. Seltener gibt es kirchliche Motive. In einem unserer Fenster stehen traditionell der Bergmann für unseren Sohn und der Bergengel für unsere Tochter. Bunte, blinkende Lichter wie bei Verwandten im Rheinland mögen wir nicht.

Gegen Abend spazieren wir oft in unserem Viertel um die Häuser, um die wunderschön geschmückten Fenster zu bestaunen. Heute leuchtet der Schnee so hell, dass die Straßenlampen kaum auffallen.

Heute ist ein besonderer Tag. Wir wollen um 17 Uhr mit unseren Nachbarn mit dem Stadtbus zum Weihnachtsmarkt fahren, Glühwein trinken und Bratwurst essen. Es riecht seltsam, als wir aus dem Haus kommen, nicht nach Räucherkerzen, eher verbrannt. Hinter dem Nachbarhaus blinkt es ständig blau auf.

„Unser Nachbarhaus brennt!", schreit es von einem oberen Balkon. Jetzt sehen wir eine dicke Rauchwolke, gleichzeitig beißt es im Hals und wir müssen husten. Als wir um die Ecke kommen, sehen wir auf der Straße zwölf Fahrzeuge mit Blaulicht: mehrere Feuer-wehren, drei Polizeiautos und drei Sanitäts-wagen. Dazwischen stehen einige Schaulustige, aber es rennen keine Feuerwehrleute hektisch umher.

Ein Passant erzählt: „Ein Mädchen hat den Qualm gesehen und Polizei und Feuerwehr alarmiert. Der alte Mann im Erdgeschoss ist vermutlich mit einer Zigarillo im Sessel eingeschlafen. Er musste wegen einer Rauchvergiftung ins Krankenhaus."

„Aber die Feuerwehr hatte den Brand im Nu gelöscht. Jetzt ist alles vorbei, sie werden gleich abfahren", ergänzt ein Mann.

„Abfahren!"

Uns fällt siedendheiß unser Bus ein, der in diesem Moment an der Kreuzung auftaucht. Eilig rennen wir die letzten Meter zur Haltestelle.

Auf dem Weihnachtsmarkt steuern wir zuerst den Bratwurststand an, um eine gute Basis für den Glühwein zu schaffen. Wir sind uns einig: es muss Thüringer Rostbratwurst sein. Gleich daneben gibt es Glühwein. Leider ist es nur fertig gemischter Glühwein aus großen Pappkisten, so etwas möchten wir nicht trinken. Wir suchen weiter und finden einen Stand aus dem Gebirge mit verschiedenen Fruchtweinen. Jeder von uns probiert eine andere Sorte. Ich wähle Himbeere und trinke einige Schluck. Dann tausche ich meine Tasse gegen eine mit Heidelbeerwein und diese gegen Hagebutte und dann Erdbeere. So habe ich überall probiert, das gefällt mir gut. Danach bummeln wir über den Weihnachtsmarkt.

In der Mitte steht die 28 Meter hohe Fichte aus dem Erzgebirge und ist wunderschön mit vielen weißen Lichtern und roten Kugeln geschmückt. Ich habe gelesen, dass es in diesem Jahr 230 Holzhütten mit erzgebirgischer Volkskunst, einheimischen Spezialitäten, Leckereien und traditionellen Geschenken gibt. Nicht zu übersehen ist die zwölf Meter hohe fünfstöckige Pyramide mit zwei Dutzend großen Holzfiguren, die den Alltag im Erzgebirge darstellen. Davor bleibe ich lange stehen und mache viele Fotos. Die Männer interessieren sich für die riesige Spieluhr mit etwa fünf Meter Durchmesser. Wir kommen nur sehr langsam vorwärts, weil überall Gerüche nach kandierten Nüssen, Zuckerwatte, gebrannten Mandeln, Stollenteigkuchen oder Fischsemmeln locken. Ich bleibe an jedem erzgebirgischen Stand stehen und würde mir am liebsten noch einen weiteren Räuchermann aussuchen, obwohl wir bereits mehr als 40 Stück daheim in der Stube haben. Am besten gefällt mir ein Wichtel, der an einem Klavier hockt. Mein Mann kauft sich inzwischen einen leckeren Mutzbraten.

Wir schlendern zum Mittelaltermarkt, wo wir frisch gebackene Brotfladen mit Knoblauch- quark und süße Kräbbelchen genießen. Plötzlich hören wir lautes Lachen und das Kreischen von Frauenstimmen. Neugierig gehen wir in die Richtung und sehen, wie vier junge Männer komplett nackt in einen Zuber, der mit Holz eingeheizt wird, steigen. Sie nehmen bei eisiger Kälte ein heißes Bad in der Öffentlichkeit. Ganz nackt sind die Männer nicht, sie tragen alle eine lustige rote Zipfelmütze.

„Im letzten Jahr wurde Chemnitz zur schönsten Weihnachtsstadt Deutschlands gewählt", weiß meine Nachbarin.

„Von den Chemnitzern?"

„Nein, die Messe in Frankfurt ließ abstimmen."

Das kann ich gut nachempfunden, denn auch ich halte unseren Weihnachtsmarkt für den schönsten.

Wir setzen uns in eine größere Holzhütte, wo es heiße Cocktails mit Rum oder Amaretto gibt. Nach der traditionellen Fettbemme gönnen wir uns noch ein Glas Glühwein. Fast drei Stunden trödeln wir über den wunderschönen Chemnitzer Weihnachtsmarkt. Dann geht es zurück nach Hause.

Vor dem Nachbarhaus bleiben wir stehen. Eines der Fenster war geborsten und wurde mit Brettern notdürftig zugenagelt. Auf der Wiese vor dem Haus liegt ein umgekippter alter Sessel voller schwarzer Brandflecken neben einem Haufen verkohlter Bretter, die immer noch leichten Brandgeruch ausströmen.

„Komm! Wir gehen in unsere warme Stube und zünden zum Abschluss des Abends noch eine Räucherkerze an.“

Ab in den Urlaub

„Wann genau fahren wir in den Schi-Urlaub?"
Peter hielt einen Stift in der Hand, um den
Termin in seinen neuen Kalender einzutragen.
„Überhaupt nicht", antwortete Steffi.
„Wieso nicht?"
„Ich habe gar keine Lust zum Schifahren. Mir
fallen Knochenbrüche ein statt Berge, Sonne
und Schnee. Vielleicht bin ich einfach zu alt."
„So ein Unsinn!", schimpfte Peter.
„Außerdem ist Schifahren zu teuer. Von dem
Geld können wir zwei oder sogar drei andere
Reisen irgendwo in Deutschland machen."
„Und Tirol? Hast du nicht selbst gesagt, dass
du ein Jahr ohne Tirol gar nicht aushalten
könntest?"
„Das stimmt. Aber mir graut schon vor der ewig
langen Fahrt bis dahin. Länger als zwei
Stunden will ich nicht im Auto sitzen."
„Musst du auch nicht", maulte Peter. „Wir
machen wie immer nach zwei Stunden Pause."

Steffi wusste selbst nicht, weshalb sie in
diesem Winter einfach keine Lust hatte, in die
Berge zu fahren.
Das Argument Geld war Unsinn, denn ihr war

das aktuelle Leben wichtig und nicht das Aufsparen für irgendetwas undefinierbares Fernes.

Auch das Argument Alter war Unsinn. Es heißt, dass man so alt ist wie man sich fühlt. Im Kopf fühlte sich Steffi wie maximal 40, aber sie wusste, dass ihre Knochen älter waren als 60. Meist ist man sowieso älter als man sich fühlt. Steffi genügte es, alt zu sein. Alt war ihr lieber als älter. Sie wollte nie jünger wirken. Alte, die jünger wirken wollen, wirken eigentlich nur lächerlich.

Peter freute sich auf die Rente. Er definierte sich nicht über die Arbeit und wusste, dass er die neue Lebensqualität als Rentner voll genießen würde. Es wäre sein erster Schi-Urlaub als Rentner und er bekäme den Schi-Pass günstiger. Peter träumte davon, sich einen Jahres-Schipass zu kaufen wie es die Einheimischen taten. Dann konnte er den ganzen Winter über bei schönem Wetter in die Berge fahren und Schi laufen.

Steffi würde alles für ihren Mann tun, wenn es ihm wichtig war. Aber er bat sie nie um etwas, er schmollte nur, wenn er nicht bekam, was er wollte. Steffi machte es wütend, dass er nie über seine Wünsche sprach. Und es machte sie wütend, dass er ihr zuliebe am Ende auf seinen geliebten Schi-Urlaub verzichten würde.

Also schickte sie dem Hundetrainer Bernd eine SMS und fragte ihn, ob er während der letzten Januarwoche den Hund behalten würde. Benno war gern bei Bernd, denn dort durfte er mit seiner Hundefreundin Tina jeden Tag stundenlang übers Feld rennen und am Abend durchs ganze Haus toben. Bernd sagte zu.

„Du kannst unseren Schi-Urlaub buchen. Bernd nimmt den Hund."

„Wirklich? Damit hätte ich nicht mehr gerechnet." Peter sprang auf und umarmte Steffi. „Ich habe schon mal im Internet geschaut. Unser Hotel ist leider ausgebucht, aber das Haus gegenüber hat noch freie Zimmer. Die Kritiken lesen sich gut, das Essen schmeckt und wir hätten alles wie sonst auch. Der Schi-Pass ist inklusive, sogar Schi-Verleih."

Steffi lachte. „Ich verstehe, damit hättest du nicht gerechnet, aber du hast schon alles ausgesucht." Schnippisch fügte sie hinzu: „Auch schon fest gebucht?"

„Wo denkst du hin? Natürlich nicht. Aber ich kann es sofort machen, wenn du willst."

„Ja, ich will."

„Wir schenken uns die Reise zu Weihnachten, ja?"

„Hallo, Bernd!", rief Steffi fröhlich ins Telefon. „Übernächste Woche geht es in den Schi-Urlaub und unser Benno macht wie besprochen bei dir Ferien. Soll ich dir den Hund am Samstag Morgen in deinen Laden bringen?"

„Was ist das für ein Datum?"

„Der 23., den hast du bestätigt. Stimmt was nicht?"

„Ähm." Darauf folgte Stille.

„Bernd? Bist du noch dran?"

„Ich hab wohl das Datum verwechselt und das ganz falsch eingetragen."

„Heißt das, du nimmst Benno nicht?"

„Ich kann nicht, ich bin am 23. gar nicht da, ich bin die ganze Woche nicht da, ich bin in Holland."

„Bravo! Ich habe mich auf dich verlassen. Was soll ich denn jetzt machen so kurzfristig?"

„Frag die Schmidt in Ebersdorf, die wird gelobt."

„Ja, besten Dank!"

Besten Dank dafür, dass du mir den Schi-Urlaub verdorben hast, dachte Steffi verärgert. Wie sollte sie innerhalb von zehn Tagen eine Hundepension für Benno finden?

Sie kannte eine Hundepension Schmidt, aber die war nicht in Ebersdorf, sondern genau am anderen Stadtende. Benno war schon einmal dort. Die Frau und ihre Helfer gehen lange mit den Hunden spazieren, sperren diese aber über Nacht in Kellerboxen. Das gefiel Steffi nicht, aber sie suchte sofort im Internet. Die Pension Schmidt gab es noch, aber sie verlangten pro Tag nicht mehr neun, sondern 22 Euro, der Preis hatte sich mehr als verdoppelt. 150 Euro für eine Woche Hundepension und das Futter extra war fast unverschämt teuer. Trotzdem wählte Steffi die Nummer, konnte aber nur auf den Anruf-beantworter sprechen. Sie gab das Datum der gewünschten Pensionsdauer an und bat um Rückruf. Es kam kein Rückruf.

Steffi suchte im Internet nach weiteren Pensionen und fand einen *Hundewald* mit schönen Fotos, auf denen viele Hunde auf einem großen Gelände herumsprangen oder gemütlich im Haus auf verschiedenen Sofas und Decken dösten. Das gefiel Steffi gleich besser als bei Schmidts. Allerdings kostete die Betreuung 25 Euro pro Tag, also insgesamt noch einmal 25 Euro mehr. Trotzdem rief Steffi im Hundewald an.

„Nein. So kurzfristig kann ich Ihren Benno nicht betreuen. Wissen Sie, ich bin hochschwanger und kurz vor der Entbindung. Ich nehme bis einschließlich Juli nur noch meine Stamm-kunden."

Das verstand Steffi, aber es half ihr nicht weiter.

Sie fand eine weitere Hundepension auf dem Adelsberg. Die Frau am Telefon war sehr nett und damit einverstanden, dass Steffi die Pension sofort besichtigen wollte.

Schon auf dem Parkplatz hörten Steffi und Peter wildes Gekläffe. Das Tor ließ sich nicht öffnen. Steffi klingelte. Eine ziemlich kräftige junge Frau winkte freundlich und rief: „Ich muss erst mal Wilfried wegsperren, dann öffne ich Ihnen."

Steffi und Peter folgten der Frau über einen schlammigen Hof in eine Art Schuppen. Darin befand sich ein winziges Büro: ein Schreibtisch mit Stuhl und sechs Hundeboxen, immer zwei übereinander. In jeder Box stand ein Hund und bellte aus Leibeskräften. Man konnte kaum sein eigenes Wort verstehen.

„Mona, du bist jetzt still! Felix, wenn du jetzt nicht ruhig bist, halte ich dir dein freches Mäulchen zu, haha. Haben Sie den Impfausweis mit? Asta! Aus! Ich mache gleich eine Kopie, dann zeige ich Ihnen die Zimmer. Mona, still jetzt! Die haben alle Fußbodenheizung und Auslauf."

Das hörte sich gut an. Siebzehn Euro pro Tag waren günstiger als die beiden anderen Angebote.

Steffi und Peter folgten der Frau. Sie gingen an mehreren halb zerfallenen Schuppen vorbei und kamen an ein flaches gemauertes Haus mit vielen kleinen Türen. Die Frau öffnete eine der Türen.

„Achtung! Kopf einziehen!"

Sie betraten gebückt einen winzigen Raum, in dem sie zu zweit kaum Platz fanden. Der Raum war etwa zwei Meter hoch, Boden und Wände gekachelt. Ein schmaler Schlitz in der Wand ließ spärliches Tageslicht hinein. Die Frau zeigte mit der Hand auf ein Stück Metall.

„Das ist eine Klappe, durch die kann der Hund nach draußen. Ich zeige Ihnen das gleich."

Steffi stieß beim Hinaustreten mit dem Kopf an den Türrahmen. Sie hatte vergessen, sich zu ducken. Ihr wurde schwindlig. Das lag nicht am plötzlichen Kopfschmerz, sondern am Schock über dieses entsetzliche Hundegefängnis. Der Hund war in diesem winzigen Raum komplett isoliert, sah und hörte nichts, eine furchtbare seelische Grausamkeit für jedes Lebewesen.

Wieder ging es an den Schuppen vorbei und an einem verrostetem Metallzaun entlang. Die Frau blieb stehen und zog an einer Stange. Da öffnete sich eine Klappe und eine große Kampfhündin kam heraus. Sie drückte ihre Schnauze gegen den Gitterzaun und wimmerte leise.

„Deine Mama kommt erst später. Sie ist noch arbeiten", sagte die Frau mit freundlicher

Stimme. „Verträgliche Hunde dürfen dort drüben auf die Wiese. Heute bei dem Matschwetter natürlich nicht." Die Frau wies mit dem Arm hinter den Zaun. „Sie sind nach dem Spiel froh, wenn sie in ihren Zimmern ihre Ruhe haben. Hunde wollen das so."

Steffi hatte genug gesehen.

„Nein, das ist nichts für unseren Hund." Sie schüttelte den Kopf und wollte nur noch nach Hause. Im Auto konnte sie ihre Tränen nicht mehr zurückhalten, so leid taten ihr die Hunde. „Ich begreife nicht, dass so eine Art Hunde-haltung erlaubt ist."

Daheim setzte sie sich an ihren Computer und suchte auf Facebook nach einer Hundegruppe in der Stadt. In dieser Gruppe traf man sich zum Gassigehen im Wald, gab sich gegenseitig Tipps bei der Hundeerziehung und Pflege. Steffi erzählte vom geplanten Schi-Urlaub, dass Bernd ihren Benno nicht mehr nehmen konnte und von der grausigen Hundepension mit den winzigen Zellen. Dann drückte sie auf Senden. Nur wenige Minuten später blinkte ihr Postkasten. „Gib *Hundemoni* in die Suchmaske ein und schicke ihr eine PN."

„Was ist eine PN?"

„Eine persönliche Nachricht. Viel Glück."

Steffi musste lachen. Sie dachte an ihre

Brieffreundin, die auch immer die wichtigsten Worte als Abkürzung schrieb: *War zur KG.* Wo war die Freundin? Erst nach einigem Hin und Her stellte sich heraus, dass KG Kranken-gymnastik bedeutet.

Noch am gleichen Abend meldete sich Hundemoni. Sie wollte gern auf Benno aufpassen und ihn gleich am Freitag kennen-lernen und alles nötige besprechen. Moni lebte allein, hatte keine Arbeit und daher viel Zeit. Sie liebte Hunde, konnte sich aber keinen eigenen zulegen, weil sie hoffte, bald eine Arbeit zu finden. Das war Steffi sofort sympathisch, denn sie hielt gar nichts von sogenannten Hunde-liebhabern, die tagsüber zur Arbeit gingen und ihren Hund stundenlang allein ließen. Hunde sind Rudeltiere und fühlen sich nur in der Nähe ihres Rudels wohl.

Am Freitag erhielt Steffi eine SMS von Moni: „Schaffe es nicht, habe Migräne."

Steffi schrieb sofort zurück: „Gute Besserung. Sehen wir uns Montag?"

Darauf kam keine Antwort. Sie setzte sich an den Computer und wollte Moni eine Nachricht schicken. Da traute sie ihren Augen nicht, denn Moni hatte einen Aufruf gepostet: *Suche zwei Mädchen, die dreimal in der Woche mit mir schwimmen gehen.* Wollte Moni gar nicht mehr auf Benno aufpassen? Oder wollte sie ihn etwa allein in ihrer Wohnung lassen, während sie den Tag in der Schwimmhalle verbrachte? Steffi hatte keine Lust nachzufragen, sie schrieb Moni ab.

„Siehst du nicht die Zeichen?"

„Was meinst du mit Zeichen?", wollte Peter wissen.

„Alles geht schief. Wir finden keine passende Pflegestelle für unseren Hund. Das sind Zeichen dafür, dass wir nicht in den Schi-Urlaub fahren sollen."

„Wer sagt das?"

„Was weiß ich? Der Himmel, unser Schutzengel. So etwas eben. Wir bleiben lieber daheim, ehe noch mehr passiert."

„Jetzt spinnst du aber", schimpfte Peter verärgert.

Er winkte mit der Hand ab, sagte aber nichts mehr, das hätte Steffi nur noch mehr aufgeregt. Er musste selbst etwas unternehmen, sonst fiel am Ende der Schi-Urlaub wirklich ins Wasser. Also setzte er sich an seinen Computer und suchte nach einer passenden Bleibe für Benno.

„Schau, ich habe in Hof eine Hundepension entdeckt. Die liegt direkt an der Autobahn, dort müssen wir sowieso vorbei, wenn wir in den Süden fahren."

Steffi las sich die Seite durch und war sofort begeistert. Die Leute hatten selbst zwei große Hunde, die mit im Haus lebten und nicht weggesperrt wurden, außerdem ein riesiges Grundstück. Steffi schickte eine Anfrage. Noch am gleichen Abend klingelte ihr Telefon.

„Hier ist das Hundedorf in Hof", meldete sich eine freundliche Frauenstimme. „Ich würde Ihnen gern helfen. Allerdings möchte ich vorher den Hund gern kennenlernen, zumal ich selbst einen temperamentvollen Rüden habe."

Das verstand Steffi gut.

„Wissen Sie, wir wohnen in Chemnitz, das wären 150 Kilometer bis zu Ihnen."

„Mein Rüde ist erst zehn Monate alt und noch sehr verspielt."

„Benno ist bereits elf Jahre alt und mag eher seine Ruhe. Er liebt lange Spaziergänge und alle Hundemädchen."

Die Frau am Telefon lachte. „Wissen Sie was? Wir riskieren es. Mir würde es zwar nicht gefallen, wenn wir die Hunde separieren müssten, aber ... Sie können Benno zu uns bringen. Wir freuen uns auf ihn."

Steffi seufzte erleichtert. Die Kosten für die Betreuung hielten sich in Grenzen und waren ihr inzwischen fast gleichgültig nach all dem Ärger. Nun wurde doch noch alles gut und sie konnten in den Schi-Urlaub fahren.

„Passen eigentlich unsere Schneeketten auf die Reifen? Du weißt ja, dass sie alle verschiedene Größen haben", wollte Steffi wissen.

„Du hast Recht. Bei unserem letzten Schi-Urlaub hatten wir ein anderes Auto. Ich werde gleich nachsehen." Enttäuscht kam Peter zurück. „Sie passen nicht. Ich fahre gleich los und besorge welche."

Steffi sagte nichts. Der Hund wird mehr als das Doppelte kosten, jetzt noch neue Schnee-ketten. Und das alles einen Tag vor der geplanten Abfahrt in den Schi-Urlaub.

Das Telefon klingelte.

„Steffi, ich musste die Werkstatt anrufen, das Auto ist einfach stehen geblieben. Sorge dich nicht, ich komme später."

Steffi sorgte sich trotzdem. Sie deckte den Abendbrottisch und schaute immer wieder unruhig aus dem Fenster. Endlich sah sie Peter in die Einfahrt einbiegen.

„Was war denn passiert?"

„Ach, irgend etwas mit der Elektrik hat gesponnen. Die Werkstatt musste nur die Fehler zurücksetzen. Allerdings war die Batterie völlig leer gelutscht, ich habe gleich eine neue einsetzen lassen."

„Das wird ein teurer Urlaub", dachte Steffi.

Am nächsten Morgen verstaute Peter nach dem Frühstück die Koffer im Auto. Benno verkroch sich in seine Ecke, verfolgte aber jede Bewegung. Als Peter die Kiste mit dem Hundefutter und das Hundekissen hinaus trug, sprang Benno erfreut auf. Ihm war nun klar, dass er mit durfte.

Neun Uhr fuhren sie auf die Autobahn auf. Es schneite. Der Sprecher im Radio sagte genau für ihre Strecke Stau an wegen querstehender LKW. Es ließ sich unangenehm fahren, da sich der Schnee auf dem Asphalt in rutschigen Matsch verwandelte. In den Nachrichten wurde vor Blitzeis nach Regen gewarnt. Das hatte ihnen gerade noch gefehlt. Peter hoffte, dass sie wie durch ein Wunder nicht betroffen wären. Er konzentrierte sich auf die Straße.

Plötzlich blinkte eine rote Lampe auf dem Armaturenbrett.

„Was bedeutet das?"

„Keine Ahnung." Steffi nahm die Bedienungs-anleitung aus dem Handschuhfach und suchte schnell nach diesem Symbol. „Hier steht: Größere Störung, denen keine spezielle Warn-leuchte zugeordnet ist. Halten Sie unbedingt an, sobald dies gefahrlos möglich ist und schalten Sie die Zündung aus." Steffi drehte sich erschrocken zu Peter um. „Hast du nicht gehört? Du sollst sofort anhalten!", schrie sie ihn an.

„Ach, das ist sicher nur so ein elektronischer Aussetzer, der nichts ernsthaftes zu bedeuten hat", vermutete Peter.

Das Auto wurde immer langsamer. Peter beugte sich nach vorn, als ob er es damit anschieben könnte.

„Hier stimmt was nicht. Ich trete Vollgas, aber wir werden immer langsamer."

Der Motor brummte dunkel und schien den leichten Anstieg nicht mehr zu schaffen. Zum Glück kam gerade ein Parkplatz. Mit allerletzter Kraft ruckelte das Auto in eine Parklücke, blieb stehen und tat keinen Mucks mehr.

Peter rief den ADAC und beruhigte Steffi.

„Alles in Ordnung. In spätestens einer Stunde haben wir Hilfe."

„Schöne Ordnung", maulte Steffi. „Am besten, du informierst die Werkstatt. Vielleicht haben sie einen Tipp für den ADAC-Mann. Ich rufe inzwischen die Hundepension an und sage, dass es später wird. Dann gehe ich mit Benno ein wenig hin und her."

Benno war nervös. Er spürte die Aufregung und zerrte unruhig an der Leine. Ihm war nicht nach Schnüffeln und Pinkeln zumute, er wollte zurück ins Auto.

„Es pfeift ein unangenehmer Wind. Außerdem

regnet es."

Der Schnee war schon ganz nass und pappig.

Endlich kam der Mann vom ADAC. Er grüßte freundlich und ließ sich alles erklären. Dann öffnete er die Motorhaube, setzte sich ins Auto und startete.

„Der Motor läuft rund. Ich hole jetzt mein Messgerät und werde den Fehler schon finden. Das dauert nicht lange."

Steffi verdrehte die Augen. Ihr schien alles eine Ewigkeit zu dauern. Außerdem hatte sie kein Vertrauen zu diesem Messgerät, das eher aussah wie ein Laptop als ein Werkzeug. Früher nahm man einen Schraubenschlüssel oder so etwas ähnliches, klopfte und schraubte ein wenig herum und brachte alles wieder in Ordnung.

„Ich setze jetzt die Fehler zurück."

„Wie denn Fehler zurücksetzen?", wollte Steffi wissen.

„Das ist wie bei einem Computer. Ein kleiner Fehler im System kann schnell das gesamte Gerät lahm legen. Man setzt die Elektrik an die Stelle zurück, wo noch alles funktionierte."

„Schön und gut, aber damit ist der Fehler nicht behoben."

„Das nicht, aber wenn man Glück hat, funktioniert danach alles wieder."

„Ich will kein Glück haben. Ich will, dass alles in Ordnung gebracht wird", fauchte Steffi.

„Mehr kann ich nicht tun."

Der ADAC-Mann klappte sein Messgerät zusammen und verstaute es in seinem Fahrzeug.

„Kann man unser Auto nicht in die Werkstatt bringen und uns ein Ersatzfahrzeug geben?", erkundigte sich Peter.

„Ich kann den Abschleppdienst rufen. Der bringt euch zurück nach Chemnitz. Einen Ersatz gibt es allerdings nicht."

„Weshalb nicht?"

„Weil ihr noch keine fünfzig Kilometer von daheim entfernt seid."

„Doch, der Kilometerzähler zeigt 62 Kilometer an."

„Es zählt Luftlinie bis Ortsrand." Der ADAC-Mann drehte sich zu Peter. „Am besten, ihr fahrt nicht schneller als 100 km/h. Ich folge euch bis zur nächsten Ausfahrt, dann sprechen wir noch einmal kurz."

Gesagt. Getan. Beim Halt in der nächsten Ausfahrt bestätigte Peter dem ADAC-Mann, dass der Motor die ganze Zeit über ruhig lief und drückte ihm vor Freude über die Hilfe zehn Euro in die Hand.

„Also dann: gute Fahrt!", wünschte der Mann und fuhr davon.

„Ich habe kein gutes Gefühl", meinte Steffi.

„Wieso denn nicht?"

„Sonst hätte der Mann nicht gesagt, dass wir sofort wieder den ADAC rufen sollen, wenn die Lampe erneut aufleuchtet."

„Ach, die Lampe hat nichts zu bedeuten. Der Motor ist jedenfalls nicht kaputt."

„Und warum hat er vorhin so seltsam getuckert und ist stehen geblieben?"

„Es schaltet sich eine Art Sicherheitsmodus ein, was den Motor drosselt."

Das klang zwar logisch, beruhigte Steffi aber nicht wirklich. „Wenigstens regnet es nicht mehr."

Peters Handy klingelte. Der ADAC-Mann erkundigte sich, ob alles gut läuft.

„Siehst du, sogar der ADAC-Fritze ist unsicher", bemerkte Steffi.

„Ach, unke nicht herum! Der Mann ist einfach nur nett."

Hundert Kilometer später fanden sie die Hundepension in Hof. Es war ein winziges altes Häuschen mit einer warmen Kaminstube, in der zwei große Hunde aufgeregt hin und her trappelten, eine ganz schwarze Hündin und ein weißer Rüde mit gelocktem Fell.

„Hallo, ich bin der Martin. Ich leine meine Hunde an. Wenn wir draußen sind, holt ihr euren Benno aus dem Auto und wir gehen zusammen aufs Feld. So können sich die Hunde am besten kennenlernen."

Martin ging voran und öffnete ein Tor zu einem eingezäunten Grundstück. Dort ließ Steffi Benno von der Leine. Der Hund sprang mit großen Sätzen durch den tiefen Schnee und warf sich wohlig wälzend auf den Rücken, er liebte Schnee. Der junge Rüde kam neugierig schnüffelnd näher, doch Benno knurrte. Offenbar klang dieses Knurren für den jungen Hund freundlich, denn er sprang übermütig um Benno herum. Auch die Hündin suchte Kontakt. Schnell war allen klar, dass sich die Hunde vertragen. Beruhigt verließen Steffi und Peter mit Martin das Gelände. Damit hatte Benno nicht gerechnet. Er sprang zum Zaun, aber das Tor war längst verschlossen. Völlig außer sich bellte er wütend. Aber es half nichts, er musste in der ihm fremden Umgebung zurückbleiben.

Peter holte das Hundefutter, eine Ersatzleine und das Schlafkissen aus dem Auto. Steffi übergab dem Hundesitter einen Zettel mit Bennos Gewohnheiten. Als Steffi und Peter ins Auto stiegen, hörten sie Benno immer noch bellen.

„Weißt du, das war unser allerletzter Urlaub ohne unseren Hund", beschloss Peter.

Steffi lächelte ihn dankbar an. Offenbar hatte er

im gleichen Moment den gleichen Gedanken gehabt wie sie.

Eine halbe Stunde später blinkte diese scheußliche rote Lampe wieder, kurz darauf hörte sie auf zu blinken und leuchtete ständig. Das Auto ruckelte seltsam, der Motor klang dumpf. Es ging bergan. In 900 Meter kam die nächste Ausfahrt.

„Das schafft die Karre nie! Wir kriechen ja kaum mit dreißig Stundenkilometern vorwärts."

Steffis Stimme klang ängstlich. Fünfhundert Meter, dreihundert, zweihundert, hundert. Das Auto tuckerte und zuckelte in die Ausfahrt. Direkt an der Straße war ein kleiner Waldparkplatz. Dort tat der Motor seinen letzten Schnaufer und ging endgültig aus.

„So ein Mist!", schimpfte Peter. Er rief den ADAC an und schilderte die Situation. „Sie schicken einen Mann."

„Wieso einen Mann? Wir brauchen ein Ersatzfahrzeug. Immerhin sind wir jetzt fast zweihundert Kilometer von daheim entfernt. Hast du das denen nicht gesagt?" Steffis Stimme klang wütend.

„Die haben auch ihre Vorschriften. Zuerst kommt der ADAC-Mann und der veranlasst alles weitere."

Im gleichen Moment fuhr ein gelbes ADAC-

211

Auto an ihnen vorbei. Steffi winkte mit beiden Armen und schrie: „Hallo! Halt! Halt!" Doch der Fahrer hatte sie nicht bemerkt.

„Weil wir hier im Wald stehen. Hier findet uns kein Mensch."

„Sollte ich etwa mitten auf der Straße parken?"

„Dann hätte uns der Fahrer jedenfalls gesehen."

„Aber vielleicht trotzdem nicht gehalten, weil er zu einem anderen Auftrag unterwegs ist."

Steffi spazierte auf dem Parkplatz auf und ab. Es gab keinen Waldweg, also musste sie in der Nähe bleiben.

Nach einer halben Stunde klingelte Peters Handy. „Grüß Gott, Hübner vom ADAC. Ich finde Sie nicht."

„Münchberg Nord, direkt an der Ausfahrt auf einem Waldparkplatz."

„Ich bin in Münchberg Nord, aber da gibt es keinen Waldparkplatz. Sehen Sie Straßen-schilder?"

„Ja, Moment." Peter stapfte durch den Schnee vor zur Straße und las laut die Ortschaften vor.

„Ah, dann sind Sie Münchberg Süd. Ich bin in zehn Minuten da."

Das gelbe ADAC-Fahrzeug parkte neben Peters Auto. Der Mann stieg aus und hörte sich die ganze Vorgeschichte in Ruhe an, vom ersten Aussetzer, vom ADAC-Dienst, was er gemacht und gesagt hatte und wie sich der Motor zum Schluss anhörte. Dann setzte sich Herr Hübner wie der andere ADAC-Mann in Peters Auto, startete den Motor, der seltsamerweise problemlos ansprang, holte sein Messgerät, schloss es an und ließ sich schließlich den Reparaturbericht des vorigen ADAC-Mannes zeigen.

„Warum sind Sie weitergefahren?"

„Warum? Weil offensichtlich alles in Ordnung war."

„Sie sollten sofort die nächste Werkstatt aufsuchen."

„Wie kommen Sie darauf?"

„Das steht so im Abschlussbericht." Herr Hübner tippte mit dem Finger auf seinen Laptop.

„Das stimmt so nicht." Peter erzählte die ganze Geschichte noch einmal und ergänzte, dass der vorige ADAC-Mann nur geraten hatte, langsam zu fahren, um den Motor nicht zu überlasten.

„Gut. Ich gebe das jetzt genauso an die Zentrale weiter."

Nach einigem Hin und Her beugte sich Herr Hübner aus seinem Auto und rief: „Es ist alles geklärt. Sie müssen nichts mehr unternehmen. Die Zentrale kümmert sich um den Abschleppdienst. In spätestens zwei Stunden müsste das

Fahrzeug hier sein und schleppt Sie nach Hof. Dort bekommen Sie ein Ersatzfahrzeug."

Steffi hätte heulen können. Sie war nicht in der Lage, sich freundlich von dem Mann zu verabschieden, obwohl er an ihrer Panne völlig unschuldig war.

„15 Uhr. Um diese Zeit wollten wir längst im Hotel sein und die Koffer ausgepackt haben." Steffi stapfte mit den Stiefeln im Schnee. „Mir ist kalt."

„Dann setz dich ins Auto."

„Ich kann jetzt nicht sitzen."

Peter kam um das Auto herum und legte seinen Arm um Steffi. „Alles wird gut."

Sie schob den Arm weg. „Nichts ist gut. Alles geht schief. Zuerst der Ärger mit der Hunde-pension, dann hattest du keine Schneeketten und musstest obendrein eine neue Batterie kaufen und jetzt sollen wir nach all der Warterei zurück nach Hof? Ich habe keine Lust mehr auf diesen blöden Urlaub. Ich will nach Hause."

Steffis Zorn konnte von einem Moment auf den anderen ausbrechen. Es genügte, dass ihr etwas nicht gelang oder Peter nicht so aufmerksam war wie sie es erwartete. Er nahm ihre Fröhlichkeit und ihren Zorn wie das Wetter, das man eben hinzunehmen hat und kümmerte sich nicht darum, ließ sie einfach toben und schimpfen. Irgendwann beruhigte sie sich von selbst. Doch dass Steffi nun gar nicht mehr in den Schi-Urlaub wollte, traf ihn sehr. Er hatte mehr als tausend Euro für diesen Urlaub vorausbezahlt. Dieses Geld wäre damit futsch und zwar ohne jede Gegenleistung.

Nach einer weiteren halben Stunde bog das Abschleppauto langsam von der Autobahn. Peter winkte mit beiden Armen und lief auf die Straße. Der Fahrer manövrierte den langen LKW problemlos rückwärts in den engen Waldparkplatz, ließ die Laderampe herunter und fuhr das kaputte Auto hinauf. Dann zurrte er mit dicken Ketten alle vier Räder fest.

„So, das wäre geschafft. Steigt einfach ein!"

Steffi und Peter kletterten hoch in die Fahrerkabine.

„Hier ist genug Platz, was? Nicht jeder Abschlepper hätte Euch mitnehmen können", erklärte stolz der Fahrer.

„Was? Der hätte uns im Wald einfach stehen lassen?", empörte sich Steffi.

„Ihr hättet ein Taxi rufen müssen."

„Das hätte uns gerade noch gefehlt."

Der Fahrer berichtete in seinem breiten fränkischen Dialekt, dass am Vortag wegen Schnee und starker Kälte mehr als sechzig Einsätze von seiner Werkstatt aus gefahren wurden. Alle Fahrzeuge seien ununterbrochen unterwegs gewesen und er selbst habe vierzehn Stunden nahezu ohne Pause liegengebliebene Autos aufgesammelt. Der Fahrer wusste von allerhand seltsamen Pannen und lustigen Begebenheiten zu berichten. Dadurch verging die Zeit bis zur ADAC-Werkstatt in Hof sehr schnell, es verbesserte außerdem Steffis Stimmung.

„Wollen Sie, dass Ihr Auto gleich hier in Hof repariert wird?", fragte freundlich die Dame von der Service-Stelle.

„Nein, ich hätte es lieber in meiner Werkstatt in Chemnitz", antwortete Peter.

„Den Mietwagen müssen Sie bis Samstag zwölf Uhr sauber und vollgetankt in einer ADAC-Service-Stelle Ihrer Wahl abgeben, sonst werden Gebühren fällig."

„Wann wäre unser Auto in Chemnitz?"

„Das weiß ich nicht, darauf haben wir keinen Einfluss, wahrscheinlich in sieben bis zehn Tagen."

Peter unterschrieb gefühlte hundert Formulare und erhielt endlich die Papiere und den Schlüssel für den Mietwagen. Es war ein schönes Auto, größer, geräumiger und moderner als ihr eigenes. Peter und Steffi räumten das Urlaubsgepäck in das neue

Fahrzeug und setzten sich hinein.

„Na, schöne Frau, wo soll es hingehen? Zurück nach Chemnitz oder in den sonnigen Süden?"

„In den Urlaub!", jubelte Steffi.

Peter nahm den Zündschlüssel in die Hand, drückte auf ihm herum, drehte und wendete ihn.

„Der Zündschlüssel lässt sich nicht ausklappen." Rasch stieg Peter aus und lief zum Fahrer, der gerade wieder in den Abschlepper steigen wollte und bat ihn um Hilfe. Lachend kam er zurück. „Das Ding hat gar keinen Zündschlüssel. Man steckt das gesamte Plastikteil hier herein und muss einen Startknopf drücken. So."

Sofort surrte der Motor leise, gleichzeitig leuchtete ein riesiges Display auf mit unzähligen Zeichen. Steffi griff nach der Bedienungsanleitung, einem richtig dicken Buch, mit dessen Hilfe sie mühsam herausfand, wie die Klimaanlage und das Radio zu bedienen sind. Sie tastete sich durch diverse Menüs, Untermenüs und undefinierbare Symbole. Waschanlage und Scheinwerfer funktionierten automatisch, nicht einmal die Hand
bremse konnte mechanisch bedient werden. Das gefiel Peter überhaupt nicht. Er will selbst Auto fahren und sich nicht wie ferngesteuert

fahren lassen. Doch es half nichts, sie mussten mit diesem Fahrzeug und seiner komplizierten Technik zurecht kommen. Immerhin saßen sie sehr bequem und komfortabel und das Auto surrte fast lautlos und sehr schnell über die Straußße.

„Sieh nur! Lichtmond!", rief Steffi begeistert.
Hell wie ein Scheinwerfer leuchtete der Mond vom Himmel. Die Autobahn leerte sich immer mehr und sie kamen gut voran. Bald sahen sie die schneebedeckten Berggipfel, die wegen des Mondlichtes trotz der späten Stunde deutlich zu erkennen waren. Und nun freuten sie sich auf den Schi-Urlaub.

Feiertage sind wie Kurzurlaub

Nichts ist so schön wie Feiertage! Ich liebe sie alle! Mit ein wenig Geschick kann man sie mit den Wochenenden verbinden und dadurch zusätzliche freie Tage gewinnen und daraus wunderbare Kurzurlaube zaubern.

Bereits der erste Tag des Jahres ist solch ein wunderbarer Feiertag, das **Neujahrsfest**. An diesem Tag wünscht man sich Glück und Gesundheit für die kommenden zwölf Monate.
Fünf Tage später ist in Bayern bereits wieder arbeitsfrei, der Dreikönigstag. Ich bin zwar nicht kirchlich, doch ein arbeitsfreier Tag kommt auch mir gelegen.
Im **Januar** reisen mein Mann und ich zum Schifahren nach Tirol. Sobald ich die schneebedeckten Berge erblicke, wird mir seltsam wohlig zumute, so beeindruckt mich diese unvergleichlich schöne Landschaft. Wenn ich dann oben auf dem Berg stehe und auf die Täler unter mir herab schaue, erfüllt mich ein unbeschreiblich großes Glücksgefühl.

Der **Februar** bringt meist viel Schnee, der die Welt in ein glitzerndes Wunder verwandelt. Er dämpft die Geräusche, macht sie weicher, sanfter. Alles wirkt rein, der Schmutz ist weiß überdeckt. Februar kommt aus dem Lateinischen und bedeutet: reinigen. Deshalb mussten früher rituelle Reinigungen von Körper, Geist und Haus durchgeführt werden. Ich liebe den Schnee sehr, stapfe gern durch den Winterwald und begeistere mich an der herrlich strahlend weißen Winterlandschaft.

Im Februar oder März feiern wir **Fasching,** der andernorts auch Karneval oder Fastnacht genannt wird. Man verkleidet sich in bunte und fantasievolle Kostüme, um den kalten Winter zu vertreiben. Früher begann nach dem Ascher-mittwoch die Fastenzeit, denn die angelegten Vorräte waren nahezu verbraucht und Nachschub noch lange nicht in Sicht, da erst nach Beginn des Frühlings neues Gemüse gesät werden und wachsen konnte.

Der **Valentinstag** am 14. Februar gilt als Tag der Liebenden, die sich mit Schokolade und Blumen beschenken und meist einen romantischen Abend verbringen.

Unsere Familie feiert außerdem den Geburtstag unseres Sohnes. Er ist im Sternzeichen **Wassermann** geboren. Das bedeutet, er ist prinzipientreu, unabhängig, feinfühlig, gutmütig, tiefgründig – aber auch verschlossen und vor allem rebellisch.

Der Februar hat noch eine Besonderheit: einen Kalendertag, den es nur aller vier Jahre gibt. Und ausgerechnet an diesem 29. Februar wurde unsere Tochter geboren. Sie gehört ins Sternzeichen **Fische**. Das sind sehr tolerante, harmoniebedürftige und sinnliche Menschen, die allerdings auch recht naiv, passiv und introvertiert sein können.

Im **März** oder **April** ist **Ostern**, das Fruchtbarkeitsfest. Es richtet sich nach dem Vollmond. Zu Urzeiten liefen die Menschen an diesem Tag hinaus aufs Feld und verlustierten sich kreuz und quer, was neun Monate später viele Geburten nach sich zog. Das gefiel natürlich der Kirche nicht und sie erklärten es zum wichtigsten Fest des Jahres, zur Auferstehung Jesu Christi von den Toten.
Bei uns versteckt der Osterhase traditionell Ostereier – Hasen und Eier sind beides Merkmale für Fruchtbarkeit. Die Eier sind bunt, weil die während des Ostervollmondes gezeugten Kinder bunt gemischt sind. Das Osterfest wird von Freitag bis Montag gefeiert. Viele essen am Oster-Montag einen Lammbraten, bei uns daheim gibt es Stallkaninchen zum Fest.
Zu DDR-Zeiten feierten wir am 8. März den **Frauentag**. An diesem Tag mussten die

Männer ihren Frauen Blumen schenken, was sehr schwierig war, denn Blumen waren selbst im Sommer kaum zu bekommen, geschweige Anfang März. Danach kam der offizielle Teil: Ansprache des Brigadeleiters, Kaffeetafel am Nachmittag im Betrieb mit feierlicher Übergabe der Medaillen, was manchmal in eine feucht-fröhliche Runde ausartete.

Am 20. März sind der Tag und die Nacht gleich lang, der Lenz bedeutet **Frühlingsanfang**. Nun kann man erleben, wie der Schnee schmilzt, die Natur erwacht, die Knospen sprießen und das Gras grün wird.

Der nächste Feiertag ist der 1. **Mai**, der Feiertag der Arbeiter, die früher auf die Straßen gingen, um für einen Achtstundenarbeitstag und soziale Arbeitsbedingungen zu kämpfen. Bei der Firma Volkswagen arbeitet man seit zwölf Jahren wöchentlich nicht einmal 29 Stunden – also weniger als eine normale Halbtageskraft. Heute gehen die Familien am 1. Mai hinaus ins Grüne und genießen gemeinsam ihre arbeitsfreie Zeit.

Im Mai oder **Juni** gibt es die Feiertage **Himmelfahrt** und **Pfingsten**. Da Himmelfahrt immer auf einen Donnerstag fällt, bleiben viele Firmen am Freitag geschlossen, was gleich vier freie Tage ergibt. Die Christen glauben, dass an diesem Tag Jesu Christi zu seinem Vater in den Himmel auffährt – das zog die Bezeichnung Vatertag nach sich. Bei uns hieß es immer Männertag, an dem sich Männer zum fröhlichen Wandern und Biertrinken treffen.

Anfang Juni feiern wir meinen Geburtstag. Ich bin im Sternzeichen **Zwillinge** geboren. Es heißt, dass diese Menschen sehr zielstrebig und kritisch sind, die Kommunikation ist ihr Metier, mündlich und schriftlich.

Am 21. Juni ist der Tag der Sommersonnenwende, der **Sommeranfang**, an dem es die kürzeste Nacht und den längsten Tag gibt. Nun werden die Tage kürzer und es beginnt die wärmste Zeit des Jahres, aber auch die regenreichste. Feiertage gibt es im gesamten Sommer keinen einzigen.

Die Schulen haben sechs lange Wochen geschlossen und viele Menschen nehmen in dieser Zeit ihren Jahresurlaub.

Am 22. oder 23. **September** beginnt der **Herbst,** wenn Tag und Nacht gleichlang sind. Die Sonne wärmt nicht mehr so stark, die Blätter verfärben sich und lassen die Wälder bunt leuchten. Wahrscheinlich sind deshalb September und Oktober meine liebsten Monate.

Am 3. **Oktober** feiern wir den **Tag der deutschen Einheit.** Als deutscher National-feiertag erinnert er an die Wiedervereinigung durch den Beitritt der DDR zur Bundesrepublik Deutschland.

Am **Reformationstag** am letzten Tag des Monats gedenkt man der Reformation der Kirche und am 1. **November** aller Heiligen.

Am 11.11. um 11:11 Uhr beginnt der Karneval, denn diese Schnapszahl passt zu den Narren. Außerdem begann früher am Martinstag die Fastenzeit, die bis Weihnachten anhielt, weshalb an diesen beiden Festen besonders üppig gespeist wurde.

Heute erklären viele Länder diesen Tag als Tag der Singles.

Der **Buß- und Bettag** ist nur in Sachsen ein Feiertag, in Bayern unterrichtsfrei.

Am **Totensonntag** schmücken wir die Gräber unserer Verstorbenen mit hübschen Gestecken, die bis zum Frühjahr dort liegen bleiben.

Im November feiern mein Mann und ich unseren Hochzeitstag. Meist nehmen wir unser Mittagessen in einem Gasthof ein und lassen den Abend gemütlich bei einem Glas Sekt ausklingen.

Der November ist der Monat, der mir am wenigsten gefällt. Meist ist er dunkel, kalt und nass und lockt mich selten nach draußen.

Im **Dezember** werden deshalb täglich viele Lichter angezündet, um die Dunkelheit gemütlicher zu überstehen. Weil nun draußen nichts mehr blüht, schmückt man die Stube mit Tannengrün und viel Schnitzwerk und verbreitet mit Räucherkerzen angenehme Düfte. Zum Vesper gibt es nun statt Kuchen Rosinenstollen und Pfefferkuchen.

Am 6. Dezember steckt der **Nikolaus** Süßigkeiten in die Stiefel der Kinder.

Im Dezember feiern wir den Geburtstag meines Mannes. Er ist im Zeichen des Schützen geboren. Das bedeutet, er ist belehrend, freiheitsliebend und reizbar, aber vor allem fröhlich, großzügig und unterhaltsam.

Der 21. Dezember ist der kürzeste Tag und die längste Nacht. Ab jetzt wird es jeden Tag ein wenig früher hell und später dunkel, was wir am 24. Dezember mit einem großen Lichterfest und kleinen Geschenken feiern. In kirchlichen Familien begeht man die Geburt des Jesu-Kindes. Bei uns trifft sich am ersten Feiertag die gesamte Familie zum Festschmaus, das traditionell mit einer Linsensuppe beginnt, als Hauptgericht gibt es Kaninchenkeule mit Rosenkohl und Klößen und als Nachtisch Grütze.

Silvester nennt man den 31. Dezember. Er ist der letzte Tag des Jahres, was mit lauter Musik und fröhlichem Tanz gemeinsam mit Freunden gefeiert wird. Um Mitternacht gibt es ein großes Feuerwerk, bei dem die Menschen bunte Raketen und Blitzlichter in den dunklen Himmel schicken.

Nun beginnt ein neues Jahr und alles fängt von vorn an: die vier verschiedenen Jahreszeiten, Geburtstage, Familienfeste und die vielen Feiertage.

Die letzte Reise?

Wir spazieren durch den Wald. Unser Hund Benno läuft aufgeregt tänzelnd neben uns her. Er hat einen Hund entdeckt, der uns entgegen kommt und den er als seinen Freund identifiziert. Ich lasse ihn von der Leine und amüsiere mich über die recht stürmische Begrüßung der beiden Hunde. Sie springen aneinander hoch und zur Seite, täuschen einen Angriff vor und drehen große Kreise durch den Wald.

Beim Weitergehen geht Benno sittsam an der lockeren Leine.

„So kenne ich ihn gar nicht", bemerke ich.

Robert wundert sich ebenfalls, doch er vermutet, dass sich der Hund ausgetobt hat und nun entsprechend müde wirkt. Immerhin ist er bereits zwölf Jahre alt, was auf Menschenjahre umgerechnet ein Alter von 87 Jahren ergibt. Er hört schwer und sieht schlecht – das ist wohl bei Hunden ebenso wie bei Menschen. Bei seiner Größe von mehr als fünfzig Zentimeter Schulterhöhe und einem Gewicht von zwanzig Kilogramm dürfte er fast seine mögliche Lebenszeit erreicht haben.

Meine Gedanken eilen drei Tage voraus, denn an diesem Tag wollen wir unseren vierzigsten Hochzeitstag feiern. Darauf freue ich mich schon. Morgen holt Robert das bestellte Fleisch ab, aus dem ich einen scharfen Gulaschtopf kochen werde. Als Vorspeise gibt es eine Kürbissuppe und als Dessert Tiramisu. Das lässt sich alles leicht vorbereiten, so dass ich am Festtag keine Arbeit mehr habe und mich ganz unseren Gästen widmen und mit ihnen feiern kann.

Robert stößt mich leicht gegen den Ellenbogen und zeigt auf Benno. Der Hund versucht, sein Bein zu heben, scheint damit aber Probleme zu haben. Er läuft ohnehin seltsam schleppend.
„Ob es wieder sein Bandscheibenproblem ist?"
„Sieht ganz danach aus. Offenbar hat er Schmerzen."
Bis zu unserem Haus müssen wir noch gut zehn Minuten laufen, doch mit dem immer langsamer trottenden Benno brauchen wir mehr als die doppelte Zeit. Manchmal sieht es so aus, als ob er taumelt und manchmal, als ob er sich gleich auf den Waldweg legt und nicht mehr weiterkann.

Ich denke zurück an unseren ersten Hund Patrik, der mit zwölf Jahren plötzlich starb. Bis zur letzten Minute war er munter und vergnügt und obendrein sehr laut. Dann brach er zusammen und starb. Wir schafften ihn noch zum Tierarzt, doch der konnte ihm nicht mehr helfen.

„Benno ist jetzt zwölf Jahre alt – wie Patrik damals."

„Ich weiß. Ich habe auch gerade daran denken müssen."

Daheim legt sich Benno in sein Körbchen und rührt sich nicht mehr. Er will nichts fressen und nichts saufen, nur seine Ruhe. Gegen Abend klingelt der Paketdienst an der Tür, doch Benno hebt nicht einmal seinen Kopf, obwohl er sonst immer wütend bellt. Trotzdem versuche ich, ihn noch einmal vor die Tür zu locken, bevor er sich zur Nacht zurückzieht. Doch Benno kann sich kaum aufrichten und schon gar nicht aufstehen und laufen. Nun bekomme ich Angst. Robert hebt den Hund vorsichtig auf seinen Arm und trägt ihn hinaus auf den Hof. Dort pinkelt er im Stehen, weil er das Bein nicht anheben kann.

„Sollten wir vielleicht seine Medikamentendosis erhöhen?", frage ich.

„Ich glaube nicht, dass seine Bandscheibe das Problem ist", sagt Robert.

„Nicht?"

„Nein. Damals jaulte er auf, wenn ich ihn tragen musste. Jetzt scheint er keine Schmerzen zu haben."

„Wenn es ihm morgen nicht besser geht, bringen wir ihn zum Tierarzt", bestimme ich.

Robert nickt.

Ich schaue in meinem Adressbuch nach den Öffnungszeiten der Tierarzt-Praxis und stelle fest: „Die öffnet leider erst elf Uhr."

„Gut. Dann hole ich vorher das bestellte Fleisch ab."

Ich nicke, brauche aber einen Moment, ehe mir der Hochzeitstag wieder einfällt. In Gedanken bin ich ganz bei meinem kranken Hund.

Die Nacht verläuft für uns recht unruhig. Der Hund zuckt sich nicht. Wir hören kein Tapsen und kein Schnaufen und befürchten, dass er ganz eingeschlafen, also in der Nacht gestorben ist. Er weckt mich nicht wie sonst mit seiner nassen Schnauze und leckt auch nicht an meinen Zehen, damit ich endlich aufstehe und er mit Robert seine Morgenrunde gehen kann.

Ich ziehe meine Beine an und richte mich auf. Doch ich mag nicht in Bennos Körbchen schauen und verstecke mein Gesicht unter der Decke.

„Schaust du nach?", bitte ich ängstlich.

Robert kauert sich neben den Hund, der nicht einmal den Kopf hebt. Vorsichtig streichelt er über seine Schnauze und die Ohren. Benno öffnet die Augen, doch er steht nicht auf.

Neben ihm auf dem Teppich ist eine große braune Pfütze, die entsetzlich stinkt. Es ist kein normaler Uringeruch, eher faulig wie nach Ammoniak. Ich reibe mit einer Bürste Reinigungsmittel in den Fleck und spüle mit viel Wasser nach. Doch der Gestank bleibt.

Inzwischen zieht sich Robert schnell etwas über und trägt den Hund nach draußen. Benno kann sich kaum auf den Beinen halten und lässt nur wenige braune, dickflüssige Tropfen fallen. Das sieht gar nicht gut aus.

„Ich kann dem Hund nicht helfen", erklärt der Tierarzt. „Er muss in die Klinik und zwar sofort." Erschrocken schaue ich den Mann an. Es sind nahezu die gleichen Worte, die er uns damals sagte, als Patrik zusammenbrach und schließlich starb.

„Ich weiß, woran Sie jetzt denken." Tröstend legt er seinen Arm um meine Schulter. „Doch es geht wirklich um Leben und Tod. Ich empfehle die Praxis an der Autobahn, die ist sehr gut und modern ausgestattet und könnte helfen."

„Was fehlt dem Hund?"

Der Arzt zuckt mit der Schulter. „Jedenfalls ist

sein Kreislauf komplett zusammengebrochen, er reagiert überhaupt nicht mehr."

Robert trägt den Hund zurück ins Auto und wir fahren quer durch die Stadt ans andere Ende. Kurz vor der Auffahrt zur Autobahn ist die Tierarztpraxis, die unser Arzt empfohlen hat.

Das Schild am Eingang besagt, dass seit einer halben Stunde geschlossen ist. Trotzdem lässt sich die Tür öffnen. Die Schwester am Tresen sieht nicht auf und unterhält sich mit einer Frau. Robert legt Benno auf die Fliesen im Warteraum, wo der Hund sofort eine braune Pfütze auskotzt. Es stinkt fürchterlich. Als eine Ärztin aus dem Behandlungsraum schaut, zeige ich mit der Hand auf die Pfütze und bitte um Entschuldigung. Sie holt sofort Reinigungsmittel und beseitigt das Malheur. Inzwischen öffnet sich die Tür eines zweiten Raums und ein junger Arzt bittet uns herein.

„Legen Sie den Hund auf den Tisch!"

Er horcht ihn ab, zieht mehrere Röhrchen Blut, röntgt und durchleuchtet sämtliche Organe und Knochen. Dann bittet er uns zu warten, während er das Blut in seinem Labor sofort untersucht.

Bennos Herz, Lunge, Leber und Niere arbeiten normal, nur schafft es die Niere nicht, das Gift gereinigt auszuscheiden. Der Hund bekommt mehrere Spritzen, Antibiotika, entzündungs-hemmende Mittel und eine Infusion, die mindestens sechs Stunden benötigt, um durchzulaufen. Eine Schwester legt eine kuschelige Decke auf die Fliesen im Warteraum und schließt den Tropf an. Benno liegt bewegungslos und apathisch mit geschlossenen Augen und erträgt die gesamte unangenehme Behandlung ohne jede Reaktion.

„Sie können den Hund hier lassen und ihn 19 Uhr abholen. Doch für das Tier ist es besser, wenn Sie in seiner Nähe sind. Das hilft ihm."

Robert sieht mich an und nimmt mich schließlich in den Arm. „Du kannst gern einen kleinen Spaziergang machen, ich bleibe derweil bei Benno."

Dankbar schaue ich ihn an, doch ich mag nicht weggehen. Schließlich steht Robert auf und geht hinaus.

Nach einer Stunde kommt er zurück und erzählt, dass in der Nähe ein großes Einkaufszentrum ist, wo man zu Mittag essen und auch Kleider kaufen kann. Er hält eine Zeitung hoch.

„Ich lese ein wenig, während du weg bist", sagt er und lächelt mir aufmunternd zu.

Benno liegt nach wie vor regungslos auf der

233

Decke. Ich streichle über seinen Kopf und gehe schließlich in dieses Einkaufszentrum.

Dort sehe ich direkt am Eingang ein großes italienisches Eis-Café, dahinter ein Bufett mit chinesischen und deutschen Spezialitäten. Plötzlich habe ich Hunger und merke, dass ich seit mehr als sechs Stunden nichts gegessen habe. Also fülle ich einen Teller mit Bratnudeln und verschiedenen Gemüsen und Fleisch-stücken und löffle hinterher noch einen Schokoladen-Eisbecher leer. Schokolade soll gut für die Nerven sein. Das kann ich jetzt wirklich brauchen, denn ich bin vollkommen durcheinander. Ich sehe die Auslagen in den Schaufenstern, doch nehme ich sie nicht wahr. Etwas verwirrt bummle ich durch den langen Gang und stehe schließlich in einer großen Buchhandlung. Dort kaufe ich mir einen Kalender für das nächste Jahr und danach einen warmen Pullover in einem anderen Geschäft. Schließlich merke ich, dass ich gar nichts getrunken habe und besorge eine Apfelschorle, aus der ich einen großen Schluck nehme. Den Rest stecke ich für Robert ein.

Ab 16:30 Uhr ist die Praxis wieder geöffnet und in rascher Folge kommen Leute mit ihren kranken Tieren herein, setzen sich in den Warteraum und gehen nach der Behandlung wieder hinaus. Benno interessiert sich nicht für das Treiben um ihn herum und hebt nicht einmal seinen Kopf, als ein großer Hund sich nähert und ihn anknurrt.

Plötzlich fällt mir ein, dass auf dem Anmeldeformular stand, dass man sofort bar bezahlen muss. Und ich denke an Freunde und Bekannte, die von horrend hohen Tierarzt-kosten erzählten. Deshalb frage ich die Schwester, wie teuer die Behandlung voraus-sichtlich sein wird und erfahre, dass ich mit etwa vierhundert Euro rechnen muss. So viel Geld haben wir nicht dabei. Es ist auch nicht beruhigend, dass die Bankkarte akzeptiert wird. Ich habe eine sehr niedrige Rente, nicht höher als der Hartz-IV-Satz und knapp halb so viel wie Robert. Doch es nützt nichts, wir müssen das Geld irgendwie aufbringen. Mir fallen die Rücklagen für unseren nächsten Urlaub ein. Die müssten ausreichen.

19 Uhr entfernt eine Schwester den Tropf, verbindet die in der Pfote steckende Kanüle und bittet uns, am nächsten Morgen neun Uhr zu einer weiteren Infusion zu erscheinen.

„Mich wundert, dass der Hund so viele Stunden ruhig liegenblieb", sage ich.

„Tiere merken, wenn wir ihnen helfen", antwortet die Schwester. „Bringen Sie sich viel

Zeit und vielleicht auch etwas zu lesen mit, Sie werden den ganzen Tag hier verbringen müssen."

Ein Glück, dass Robert und ich Rentner sind und wir uns ganz um unseren kranken Hund kümmern können.

Benno geht die ersten Schritte hinaus. Erleichtert schauen wir uns an. Dann pinkelt er lange und ausgiebig, mir scheint minutenlang. Der Urin wirkt heller, doch immer noch etwas ungesund gefärbt. Ins Auto muss ihn Robert allerdings hineinheben.

Daheim legt sich Benno sofort auf seine Decke und rührt sich nicht mehr. Er will weder fressen noch saufen. Wir lassen ihn in Ruhe und sagen unseren Gästen ab. Ich mag keinen Hochzeits-tag feiern, wenn es dem Hund schlecht geht. Mir wäre nicht nach Singen und Lachen zumute. Außerdem würde der Besuch Benno stören.

Trotzdem muss ich das Fleisch anbraten, das eigentlich für unsere Feier gedacht war. So bin ich wenigstens beschäftigt und versuche, mich voll auf die Arbeit zu konzentrieren.

Am nächsten Morgen muss Robert den Hund nicht mehr tragen, er läuft ganz allein und schleicht nicht mehr geduckt. Wir sind sehr erleichtert und freuen uns, dass die Infusion offensichtlich geholfen hat.

Als eine Ärztin Benno Fieber messen will, knurrt er ärgerlich und dreht seinen Kopf ruckartig nach hinten, als wolle er sie beißen. Das passt nicht zu ihm, doch innerlich freue ich mich, da ich diese Reaktion als Lebenswillen verstehe.

Benno bekommt wieder zwei Spritzen, was ihm gar nicht gefällt, und wird an den Tropf angeschlossen. Wir haben seine Decke von daheim mitgebracht, damit er sich durch den gewohnten Geruch ein klein wenig wohler fühlt. Dieses Mal schaut er auf, als eine Hündin vorübergeht.

Wir sind jetzt sehr zuversichtlich, dass die Behandlung anschlägt und unser Hund gesund wird.

Wieder wechseln wir uns bei der Betreuung ab. Einer bleibt jeweils bei Benno, während der andere ins Einkaufszentrum geht, sich ablenkt und etwas isst. Zwar habe ich am Morgen Schnitten gemacht, doch in der Praxis zwischen all den kranken Tieren haben wir keinen Appetit auf unser Essen.

Der Weg zurück zum Auto wird gegen Abend eine Qual für uns, denn Benno taumelt. Er pinkelt viel und wirkt irritiert, direkt orientierungslos. Robert muss ihn schließlich tragen. Und wieder frisst und säuft der Hund nichts – bereits den dritten Tag. Er will nur in seine Ecke, wo er sich nicht mehr rührt.

War die heutige Behandlung zu viel für ihn? War sie eher eine Qual statt eine Hilfe? Ich erinnere mich daran, dass er nach den Ärzten und Schwestern schnappte und er zwischendurch nicht mehr liegen, sondern weglaufen wollte. Er hat uns Zeichen gegeben, dass er nicht mehr mag. Mag er auch nicht mehr leben? Sind zwölf Jahre genug?

Mich plagen viele Fragen. Vor allem fürchte ich, den Hund gegen seinen Willen mit vielen Medikamenten und schmerzhaften Behandlungen zum Leben zu zwingen.

Am nächsten Tag ist unser Hochzeitstag. Gequält schaue ich auf, als mir Robert gratuliert. Unter seinen Augen bemerke ich dunkle Ringe. Er hat also ebenso schlecht geschlafen wie ich.

„Ich möchte die Behandlung heute abbrechen und weiß gar nicht, ob wir überhaupt in die Praxis fahren sollten", sage ich.

Robert nickt. Offenbar hat er sich die gleichen qualvollen Fragen gestellt wie ich. Dann strafft er sich und bestimmt: „Wir fahren hin und erklären dem Arzt unsere Entscheidung."

„Außerdem soll er ihm die Spritze geben, damit

sich Benno nicht noch länger quälen muss."

Wieder nickt Robert. Er trägt den Hund ins Auto und vor der Praxis wieder heraus. Benno macht sich steif, er mag nicht in dieses Haus hinein. Das bestärkt mich in meinem Entschluss, ihn heute einschläfern zu lassen.

Der Arzt bleibt ruhig. Doch ich sehe ihm an, wie sehr ihn unser Vorschlag entsetzt.

„Sie haben gesagt, dass der Hund merkt, wenn ihm etwas gut tut. Er hat sich gestern bereits gewehrt und heute wollte er nicht hierher. Er will nicht mehr. Und ich ertrage es nicht, ihn so leiden zu sehen."

„Ich mache Ihnen einen Vorschlag: ich werde den Hund untersuchen und Sie warten eine halbe Stunde. Dann weiß ich, ob sich sein Zustand stabilisiert hat oder ein Organ nicht mehr arbeitet."

Ich verdrehe die Augen und gifte: „Sie wollen also noch einmal Blut abnehmen?" Das ist keine wirkliche Frage, eher eine enttäuschte Feststellung.

Der Arzt nickt. „Ja, ich möchte Ihren Hund noch nicht aufgeben."

„Sie sind Mediziner! Sie sehen alles technisch und wollen reparieren. Für uns ist Benno ein Familienmitglied, das uns vertraut. Ich muss ihn beschützen!", rufe ich verzweifelt.

„Ich verstehe Sie sehr gut, glauben Sie mir. Ich

will nur sehen, ob Ihr Hund noch eine Chance hat. Dann sprechen wir noch einmal und legen fest, ob und wie wir weiter verfahren."

Resigniert zucke ich mit den Schultern. „Doch einer Infusion stimme ich so und so nicht mehr zu", sage ich. Robert sagt nichts.

Der Arzt nimmt bei Benno Blut ab und ich habe den Eindruck, dass mich der Hund verzweifelt anschaut. Ich ertrage seinen gequälten Blick nicht und versuche, mir einzureden, dass ich mir das alles nur einbilde, weil ich die Gedanken eines Tieres gar nicht deuten kann. Doch es hilft nichts. Ich glaube, Bennos Schmerz deutlich zu spüren und bin endlos traurig.

Bevor Robert den Hund in den Warteraum zurückträgt, sage ich: „Wissen Sie, heute ist unser 40. Hochzeitstag."

Das ist eine völlig unsinnige Bemerkung, denn dieser Tag hat nichts mit unserem schwerkranken Hund zu tun und auch nicht damit, dass ausgerechnet dieser Tag sein letzter sein wird.

Bekümmert sitzen wir nebeneinander und wagen nicht, uns anzuschauen, um die Trauer in den Augen des Anderen nicht sehen zu müssen. Benno liegt regungslos zu unseren Füßen.

Schließlich kommt der Arzt auf uns zu und sagt, dass seiner Meinung nach keine weitere Infusion nötig ist, denn die Organe arbeiten normal. Er möchte nur noch zwei Spritzen geben.

Flehentlich schaue ich Robert an. Warum sagt er nichts? Ist er mit den Spritzen einverstanden? Wofür sind die überhaupt?

„Ich bitte Sie, geben Sie Ihren Hund noch nicht auf! Er wird es schaffen."

Wie gern würde ich dem Arzt glauben, doch ich kann nicht.

„Denken Sie daran, wie wir uns fühlen, wenn wir an Grippe erkrankt sind! Wir liegen zwei Wochen schlapp im Bett. Ihr Hund wird sich erholen, er wird es überstehen."

Ich gehe hinaus und fühle mich schrecklich dabei, feige, inkonsequent, sogar lieblos.

Hinter mir öffnet sich die Tür und Robert kommt heraus, Benno läuft an der Leine. Der Hund pinkelt normal hellen Urin und versucht sogar, sein Bein zu heben.

„Stell dir vor, ich musste heute nichts bezahlen!"

Überrascht schaue ich meinen Mann an. „Nicht? Wie das?"

Robert lacht. „Die Schwester sagte, es wäre ein Geschenk des Arztes zu unserem

Hochzeitstag.“

Auch unser Tierarzt verzichtet manchmal auf die Bezahlung, wenn er nur berät oder der Halter sichtlich mittellos ist. Doch die Laboruntersuchung und die beiden Spritzen sind ganz sicher sehr teure Behandlungen.

Gegen Abend brate ich Seelachsfilet und koche dazu Stampfkartoffeln mit Möhren. Vom weichen weißen Fisch breche ich ein Stück ab und biete es Benno an. Er öffnet das Maul und nimmt den Fisch an. Begeistert knie ich mich auf den Teppich und streichle meinen Hund.

Als ich schließlich mit Robert am Tisch sitze, kommt Benno zu uns und schaut uns fragend an.

„Ich glaube, er will noch mehr Fisch!“, rufe ich erfreut aus und gebe ich sofort noch ein Stück. Vier Tage lang hat er nichts gefressen und nun scheint er richtig Appetit zu haben.

Von da an geht es Benno immer besser. Am nächsten Tag will er kleine Runden gehen und verschmäht keine Mahlzeit mehr.

Robert und ich fühlen uns im Moment wie die glücklichsten Menschen auf der Erde.

Erkenntnis

So mancher, der im Urlaub war,
dem wird das eine nachher klar:
Schön ist es, anderswo zu sein.
Doch fährt er gerne … wieder heim.

Oskar Stock

Bisherige Veröffentlichungen von Petra Weise:

Romane:

Im Roman **„Der andere Vater"** erfährt die zwölfjährige Marion, dass ihr Vater gar nicht ihr Vater ist. Erst zwanzig Jahre später erlauben ihr nähere Details, nach ihren Wurzeln zu suchen.

„Ich besuche dich trotzdem!", sagt eine Tochter zu ihrer übellaunigen, demenzkranken Mutter.

„Mein Hund Benno – tierische Begegnungen" ist ein unterhaltsamer Roman über die Abenteuer der beiden komplett verschiedenen Familienhunde der Verfasserin.

Kurzgeschichten:

„Liebeslügen oder der ganz normale Wahnsinn" bietet 15 spannende Kurzgeschichten über die Liebe.
Wahre Liebe, vorgespielte Liebe, enttäuschte Liebe, betrogene Liebe – das alles verbirgt sich unter dem Sammelbegriff Liebeslügen.

In **„Farbige Geschichten"** teilt die Autorin 28

Begebenheiten in Farben auf: Rot wie die Liebe, Blau wie die Treue oder ein Schmetterling, eine Medaille aus Bronze und Schwarz wie ein Ungeheuer.

Ein Mann hat **„Eine unbestimmte Ahnung"** und eilt nach Hause, wo ihn Schlimmes erwartet. In einer anderen Geschichte wird Ralf zum ersten Treffen mit seiner neuen Freundin an einen Nackt-Badestrand gelockt. Insgesamt unterhalten 32 seltsame, sinnliche und witzige Begebenheiten den Leser.

„Eine verhängnisvolle Diagnose und 14 weitere Kurzgeschichten" erzählen aus dem oft gar nicht alltäglichen Alltag der Autorin während der 80er Jahre.

Biografie:

In **„Ein halbes Leben"** stellt die Autorin ihre Familie ausführlich vor und beschreibt, warum sie schließlich aus ihrer Heimat DDR fliehen muss.
„Ein ganz anderes Leben" erwartet sie schließlich im freien Teil Deutschlands.
Nach der Wende kehrt sie nach Sachsen zurück, wo ihre Familie zerbricht. Doch **„Das Leben geht weiter"**.

Petra Weise wurde 1954 in Freiberg/Sachsen geboren und lebt nach zahlreichen Wohnungs-wechseln durch Hessen und Bayern seit 1993 wieder in ihrer Heimat Sachsen.

Sie liebt das Erzgebirge mit all seinen Traditionen und fühlt sich auch in den Alpen wohl. Wenn sie nicht schreibt oder liest, wandert sie gern mit ihrem Hund durch den Wald oder spielt Klavier.

www.autorinpetraweise.de